二人の王子と密×蜜 結婚
～姫花嫁は溶けるほど愛されすぎて～

Aoi Katsuraba
桂生青依

Honey Novel

Illustration

椎名咲月

CONTENTS

二人の王子と密×蜜 結婚 ～姫花嫁は溶けるほど愛されすぎて～

Honey Novel

「お呼びですか？　お父さま、お母さま」

ある春の昼下がり。

わたしは父母に呼ばれて部屋へ向かうと、ソファにかけている二人に向けて小さくお辞儀しながらそう言った。

すると、この国の王である父は、白い髭《ひげ》を蓄《たくわ》えた優しい顔に、いつもの穏やかな笑顔を浮かべ、「こちらへ」と手招く。

わたしは再びお辞儀をすると、父の隣のソファに座っている母の傍らに腰を下ろす。母がふっと目を細めた。

「そのドレス、とてもよく似合っているわ、セシル」

「ありがとう、お母さま。でもこのドレスの生地は、お母さまが選んでくださったものですのよ。先々月、西国から商人が来た折に――」

「まあ、そうだったかしら」

わたしの言葉に、母は小さく首を傾《かし》げる。

直後、

「ではわたしの見立てもなかなかのものということね」

と、微笑《ほほえ》む母に、わたしも笑顔を返した。

わたしの名前はセシル。今年で十七歳になる。ダオン大陸の半ばに位置する、シャラヤ王国の王女だ。シャラヤ王国は山間《やまあい》の小さな国だが、水に恵まれ、林業と酪農とを産業の基礎に、この数代は諍《いさか》いのない平穏な治世を敷いている。

父は十二代目の王で、五十歳を迎えた今も率先して政《まつりごと》に携わっている。

母である王妃は今年で四十五歳。若いころから周囲の国にまで聞こえていたという美貌《びぼう》はまったく衰えず、今でも若々しく、そして綺麗《きれい》だ。なにより穏やかで柔らかな口調は誰の心も和ませるようで、わたしにとってはまさに理想の、憧《あこが》れの母だった。

そんなわたしに対し、母は、

「わたしが子供のころよりもセシルの方がずっとずっと可愛《かわい》らしいわ」

と言ってくれるけれど、自分ではよくわからない。

ただ、わたしの金色の髪や青い瞳《ひとみ》、華奢《きゃしゃ》で小柄な体格が母に似ていると言われることはとても嬉《うれ》しかった。

威厳があり、頼もしく優しい父と、美しく穏やかな母。両親は、子供のころからずっと変わらず、わたしの大好きな人たちだから。

二人のなれそめは、父がまだ王子だったころ、山向こうの国に交渉事で訪れた際、第二王女だった母を見初《みそ》めたことだという。

王族の結婚は、親同士の決めたものであることが多いにも拘《かか》わらず、お互い好きあって結婚した両親に、わたしはとても憧れていた。

だからわたしも、いつか大好きな人と結婚できればいいなと思い続けていた。

王女である身では難しいとわかっていても、密《ひそ》かに胸ときめかせていた。

そう。

ときめかせていたのだ。

なのに……。

一年前の不幸を、そして三年前の不幸を思い出し、わたしが思わず顔を曇らせてしまうと、

「セシル？　どうした」

父の声がした。

わたしは慌てて顔を上げると、笑顔を作った。

両親に心配をかけたくはない。

「なんでもないの。ごめんなさい、お父さま。わたしをお呼びになった理由はなんだろうかと考えていたの。だっていつもなら今はお仕事のお時間でしょう？　それなのにわたしを部屋へ呼ぶなんて、いったいなにかしらと思って」

すると、父は「む……」と少し言いよどむような様子を見せ、母と視線を交わす。

どうしたのだろう、とわたしが不思議に感じたとき、父がゆっくりと口を開いた。

「実はな、お前の結婚の話だ」

「え……」

思いがけない話に、わたしは一言零《こぼ》したきり声が出せなくなった。

結婚？

わたしに？

あんなことのあった、わたしに？

「お父さま……それは……」

「うむ……」

しかし父はそれきり黙ってしまう。代わりに、母が口を開いた。母は身体《からだ》ごとわたしに向くと、わたしの手をぎゅっと握って言った。

「このお話は、ルザール王国から持ちかけられたものなの。是非あなたと結婚したい、と」

「で、でも……わたしはもう結婚は……」

言いかけ、わたしはそのまま言葉に詰まった。

口にしたくない、思い出したくない話だったからだ。

大好きな人と結婚したい、と胸ときめかせていたわたしにとって、思い出したくない過去。

それは一年前と三年前の、二度の不幸な出来事だ。

——婚約者の死。

その悲しい報《しらせ》を聞いたのも、やはりこの部屋だった。

隣国、ダッラム王国の内大臣の息子で、幼馴染《おさななじみ》だったアリオス。そして、東国のサイ王子。

二人ともとても優しく、立派で、わたしを愛してくれていたのに結婚を前に死んでしまった。

アリオスは落馬が原因で。サイ王子は急な病で。

数年のうちにそんな不幸が立て続けにあったからか、今やわたしは、方々で「眠らせ姫」と噂《うわさ》されているらしい。関《かか》わった男性を永遠に眠らせてしまう呪《のろ》われた姫——と。

そして、そんな過去と噂のために、わたしには一切の縁談の話がなくなっていたはずだ。

好きだった二人の死も、その後の根も葉もない噂も辛《つら》いことだったし、両親や侍女たちはわたしに非はないのにと憤っていたけれど、わたしは結婚の話がなくなったことで、どこかほっとしてもいた。

これでもう、誰も死なせずに済む、と——そう思って。

二人が死んでしまったのは本当に偶然だけれど、前日まで、数時間前まで元気だった相手が突然亡くなってしまうというのは、とてもショックだった。しかもそんな経験を二度もしてしまったわたしは、いつしか、誰とも結婚しないほうがいいのではと思うようになっていた。

自分が呪われているとは思いたくない。思いたくはないけれど、もしかしたら本当にわたしが原因で、そのせいでまた誰かが死んでしまうなんて、もう絶対に嫌だったから。

だから恋も、結婚も、諦《あきら》めていた。

王女として生まれながら、国の役に立てないことは心苦しかったし、嫁ぐ姿を両親に見せられなくなってしまったことは申し訳なかったけれど、わたしに関わったことでまた誰かの身に不幸が起こってしまうことだけは嫌だったから。

なのに……。まさか再び結婚の話が持ち上がるなんて。

驚くわたしの手をそっと握り締めてくると、母は続ける。

「あなたが、以前のことを気に病んでいるのは知っているわ。二度の不幸な出来事のせいで、結婚を避けるようになっていることも」

「……」

「でもあちらは、あなたの過去のことも踏まえた上で『是非に』とおっしゃっているのよ。『噂は知っているけれど、あんな馬鹿げた噂など気にしない』とね」

「……」

「わたしもそう思っているわ。二人が残念なことになってしまったのはあくまで偶然。あなたはなに一つ悪いことはしていないの。だったらあなたはなにを恥じることも躊躇《ためら》うこともないわ」

「でも……」

そうは言われても、「もしかしたらまた……」と思うと躊躇《ちゅうちょ》してしまう。

しかし母はそんなわたしの手をさらに強く握ると、普段の優しい面差しからは想像もつかないほどの毅然《きぜん》とした面持ちで言った。

「お聞きなさい、セシル。この結婚はまたとない朗報です」

「……朗報……？」

「ええ。この申し出を受け、あなたがルザール王国のデュミナス王子と結婚すれば、周囲の国々にもあなたにはなに一つ非がないことが知れるでしょう。これは、あんな馬鹿げた噂を信じて、あなたを中傷した者たちに、正々堂々と自らの潔白を証明するいい機会です」

「……」

その熱を帯びた口調からは、母の静かな怒りが伝わってくる。わたしに対しての悪意の噂に、母は今も怒っているのだ。おそらく——ずっと。そして悲しんでいたのだろう。母の目にはじわりと涙が浮かんでいる。

「お母さま……」

わたしが手を握り返すと、母は小さく頷《うなず》いた。

「セシル、結婚なさい。わたしたちはこのお話をお受けしようと思っています」

まっすぐにわたしを見る瞳は、母のものというよりも一国の王妃のそれだ。

見つめられる苦しさから逃れるように、わたしはちらりと父を見る。すると父も、深く頷いた。

「王妃の言うとおりだ。お前はなにも悪くない。わたしたちの可愛い娘が、あんな不名誉な噂に晒《さら》されたままであっていいわけがない。お前自身も必要以上に気に病むことはないのだ」

そしてわたしを説得しようとするかのように、深い声音で言う。次いで、その声を柔らかく変えて言った。

「この申し出を受け、デュミナス王子と結婚して幸せになるといい。今度こそ——幸せに」

「お父さま……」

「ルザール王国は、この国と似た美しい国だ。簡単に行き来できるほどの近さではないのが残念だが、お前もきっと気に入るだろう」

「遠くの国、なのですか」

「南に、馬で一週間ほどだ。若いころに一度赴いたことがある。水の美しい、石畳の綺麗な国だ。この話が来てから改めて詳しく調べたところ、先々代の王の折には隣国と揉《も》め事《ごと》があったようだが、この数十年は大きな問題はないようだ。お前が嫁ぐ先としては、上々だろう」

「……」

「王子の評判もいいようだ。お前は覚えてはおらんか？　ずいぶん前だが、確か一度この国にも来たことがあるぞ。面識はあったかと思ったんだが……」

「会ったとしてもまだセシルは子供のころですわ」

父の言葉に、母が苦笑しながら応《こた》える。

その言葉を聞きながら、わたしは記憶を遡《さかのぼ》っていた。

王女という立場上、物心ついたときから大勢の人たちと顔を合わせてきた。それこそ、多いときには一日に数十人もの人たちと。同時に、わたしはそれらの人たちの顔と名前を覚える訓練もしてきていた。自分の務めとして。

だから、相手が王子ならば、会えばまず間違いなく覚えているはずだ。

けれど——。

(一度、ここに……?)

記憶にない。

(どうしてかしら)

会っていなかったのだろうか?

首を傾げるわたしをよそに、父が続ける。

「王子は今年で二十五歳と言っていたか。聡明で武勇にも優れ、国民からの信頼も篤《あつ》いと聞く。リュカスにも義兄《あに》としていい影響を与えてくれるに違いないお方だ」

父は、セシルのまだ年若い弟の名を出すと、嚙《か》み締めるように頷く。

母に目を戻せば、母もまた深く頷く。その表情も、王妃の顔だ。

娘といえど反対は許さないという強い決意の感じられる瞳。けれど、そんな中にもわたしに対しての愛情がしっかりと感じられる。

この結婚で噂など吹き飛ばして、幸せになりなさいと——そう言ってくれている。

わたしは母を見つめ返し、父を見つめると、

「わかりました」

両親に向けてはっきりと頷いた。

「デュミナス王子のもとに参ります。ルザール王国に参ります」

王女として、そして娘として、わたしにできることをするだけだ。

そう、自分に言い聞かせながら。

◆◆◆

「そ、そろそろ、ですね」

ルザール王国の王都ルゼル。

街のほとんどの場所に敷かれている石畳のせいで、どうしてもガタガタ揺れてしまう馬車の中。同乗してくれている乳母《うば》のソフィが舌を噛みそうになりながら言った。見れば、顔色もあまりよくないようだ。母と同じ年だから、まだ旅疲れというわけでもないだろうに、ふんわりと丸みを帯びた顔は、血の気が引いているようにも見える。この石畳に辟易《へきえき》しているのだろう。

子供のころからいつも側《そば》にいてくれて、元気で明るく、ときにわたしを叱《しか》ってくれるほどの彼女が狼狽《うろた》えている様子がおかしくて、わたしは思わず笑ってしまった。

「そうね。そろそろお城に着くはずだから、もう少しで、この揺れも終わるわ」

「まっ、まったく、こ、こまったものです。せっかくの、ま、街並みも、こう揺れてはよく見えません」

「そう？　わたしは平気よ。馬車がゆっくり走ってくれているから、よく見えるわ。お父さまがおっしゃっていたようにとても美しい国ね」

シャラヤも水と緑の国だったが、この国はそれ以上かもしれない。街の中には大小いくつもの川が流れ、それぞれに趣の違う美しい橋が架かっている。きっとこの川は、人々の生活の潤いになっているだろう。

石造りの家並みは歴史を感じさせる重厚感があり、加えて、心地《ここち》よさを感じさせる明るさがある。市街地に近づくほどに聞こえてくる人々の声にも活気があり、この王都の、この国の活力ある様子を目の当たりにした気分だ。

ときおり、シャラヤの国旗が見えるのは、わたしたちを歓迎してくれているからだろうか？

結婚式に備えての計らいだろうか。そう考えると、いっそう胸がわくわくした。

（これからは、ここで暮らしていくのね……）

街並みを眺めながら、胸の中で独りごちた。

結婚の話を聞いてから、約半年。準備の期間はあっという間に過ぎ、十日ほど前にわたしはシャラヤの王宮をあとにした。

これは自分のため、国のため、そして両親のためなのだと心に決めて結婚を決心したけれど、生まれ育った国を、両親のもとを離れることはとても悲しく、最後の夜は泣いてしまって眠れなかった。

いざ国を離れてからも、しばらくは寂しさを感じてばかりだった。遠い国に行く不安もあったのだろう。

そのせいで、ソフィをはじめ、嫁ぎ先であるルザールについてきてくれる侍女たちにも、ずいぶんと心配をかけてしまった。

心境が変わり始めたのは、ルザールの領地に入ってからだ。

不思議なもので、もうシャラヤからは遠く離れてしまったのだと自覚すると、ならば前向きにならなければという気持ちになった。

新しい土地で生きていくのだ、新しい国で新しい生活を始めるのだと、ふっきれたような気持ちになった。

緑豊かな森が、道中立ち寄った村の素朴な景色《けしき》が美しかったせいもあるのだろう。

そしていよいよ今日。

わたしはデュミナス王子が住む——わたしがこれから住むことになる王城のある王都に辿《たど》り着いた。すでにルザール側からの護衛の兵もついてくれている。予定では、あと少しで城に着くはずだ。

そこでデュミナス王子と会い、数日後には結婚式を迎える——。

まだ想像の中でしかないそのときのことを考えていると、

「どんな方なんでしょうね、デュミナス王子は」

城が近づいてきたからか、ソフィがどこかそわそわした口調で言った。

「お送りくださった肖像画では大層素敵な方でしたが、本当にあんなに美しい方なんでしょうか」

そんなソフィに、わたしは「さあ……」と小さく首を傾げてみせた。

父がルザールに遣わしていた者の話や、巷《ちまた》の噂によれば、デュミナス王子は眉目秀麗《びもくしゅうれい》で勇敢で、優しさに満ち溢《あふ》れた、聡明な方らしい。

お送りくださった肖像画も、確かに素晴らしく美しい方だった。

だが、噂は必ずしも本当のことを伝えないということは、身をもって知っている。肖像画もまた同じだ。

もちろん、素敵な方だったらいいなと思っている。優しく、でも情熱的で……わたしを愛してくれる方だったならどんなにいいだろう、と。

そして密かに、わたしは王子に対して「きっとお優しい方に違いない」という確信めいた期待を抱いていた。

確かにこの結婚は政略結婚だ。会ったこともない相手との政略結婚。けれど、それでもこの方なら――デュミナス王子なら好きになれるかもしれない、と。

なぜなら、今日までの約半年間、数度手紙をやりとりする中で、何度も感激することがあったからだ。国を離れることになるわたしを気遣ってくれたり、ときには誠実な言葉で、この結婚について語ってくれたり……。

だからわたしは、王子に会うそのときをとても楽しみにしていた。

あと少しで、とうとうその瞬間がやってくるのだ。

わたしは高鳴り始めた胸を、そっと押さえる。

「あ――お城が見えてきましたよ！」

そんなわたしの耳に、ソフィの弾んだ声が聞こえた。

◆

辿り着いた城は、森の中にあった。

街の中に、大切なものを守るかのように森があり、さらにその中に城があるのだ。しかも周囲は大きな池に囲まれ、まるで水の上に浮いているかのように感じられる。

見たこともないその様子と王城の美しさに、わたしはすっかり目を奪われていた。生まれ育った王宮も花が溢れる綺麗なところだったが、壮麗さではこちらの方が勝るかもしれない。

池を渡るようにしてかけられた橋の両端を守っているのは、大きな獅子《しし》の像だ。まるで生きているように見事なそれらの出迎えを受けながら城門をくぐると、天まで届くかと思うほどの高い塔や、陽《ひ》の光を浴びて白く輝いている城壁がすぐ間近に見える。

その迫力に感激したのもつかの間、まるで森が続いているかのような豊かな緑の中を馬車は進み、城の広大さにわたしはまた驚かされた。しかも庭のそこここに泉が湧《わ》き、溢れる水は小川となっていずこかへ流れている。

まるで森と一体化したような素晴らしい城だ。

ソフィも驚いているのか、さっきから「まあ、まあ」と繰り返している。

ときおり、ひょっこりと顔を出す可愛らしい動物たちについ顔をほころばせていると、やがて、馬車が静かに止まる。

(着いたのだわ……)

心臓の音が大きくなるのを感じながら、わたしは馬車を降りる。

その瞬間。

「あ……」

わたしは一言零したきり、声をなくしてしまった。

そこに立っていたのは、今まで見たこともないほど整った面差しの男性だったのだ。

歳《とし》はわたしよりも上だ。落ち着いていて、けれど精悍《せいかん》な若々しさがある。

濃茶の髪に、青紫色の瞳。均整の取れた長身は、やや細身だがしなやかな強靭《きようじん》さが見て取れる。

そしてなにより、佇《たたず》んでいるだけで彼自身が輝いているかのような存在感がある。

デュミナス王子だわ——。

わたしは息を呑《の》んだ。

送られていた肖像画で顔は知っていたつもりだが、実物はそれ以上の端整さだ。

しかもただ美しいだけでなく、凛々《りり》しく、この国で一番の剣の腕を持つという話もなるほどと思える男らしさや逞《たくま》しさも兼ね備えているように感じられる。

(この方が……わたしの……)

夫になる方なのだ。

そう思うと、今まで以上に胸がドキドキした。

初めて会う相手との政略結婚に対し、心のどこかで燻《くすぶ》り続けていた不安も、瞬《また》く間に消えていくようだ。

するとその美しい男性は、柔らかく微笑む。笑顔も素敵だ。笑うと、整った顔に親しみやすい愛嬌《あいきよう》がほどよく混じる。かといって下品ではなく、見ているだけでこちらも笑顔になってしまうような微笑だ。

吸い寄せられるように見つめていると、

「ようこそ、セシル姫」

彼は――王子は微笑んだまま言った。聞き取りやすく甘い、柔らかな声だった。

「待ちきれず迎えに来てしまいました、わたしの姫。我が名はデュミナス。数日後にはあなたの夫となる男です。遠路はるばるよく来てくださいました」

「は、はい」

「国を挙げて歓迎いたします。もちろん、わたしも」

そしてさらににっこりと微笑まれ、わたしは頬がぽっと熱くなるのを感じた。

こんなところで赤面するなんてはしたないとわかっていても、こんなに素敵な人がわたしを待ってくれていたのだと思うと、嬉しさに舞い上がってしまう。

そうしていると、王子の手がそっと腰に回された。

「どうぞ中へ。お疲れでしょう。部屋まで案内いたします」

「は、はい。……えっ」

案内を、王子自ら!?

驚いて目を瞬《しばたた》かせるわたしに、デュミナス王子は頷いた。

「正式な式は数日後とはいえ、この城に来てくださったからにはもうわたしの大切な方です。わたしが案内するのは当然でしょう」

「……」

甘い言葉を甘い声で囁《ささや》かれ、ますます真っ赤になる。そのまま、彼のエスコートで城の中に足を踏み入れ、

「……！　素敵……！」

わたしは、思わず声を上げていた。

外から見ていたときも美しいと思っていたが、中はそれ以上だ。

磨かれた床に、華やかでありながら派手すぎない美麗な模様が織り込まれた色とりどりの敷物の数々。大きなシャンデリアはまるで花が咲き零れるような麗々しさで、今は陽の光を反射して金色に光っている。

置かれた調度のあちこちに金や宝石がはめ込まれ、まるでそれ自体が美術品のようだ。

外観から受けたのは剛健な印象だったが、一歩中に入ってみればそれだけではない魅力に溢れている。

壁にかけられている絵画や、回廊に並べられた彫刻の数々も、写実的な迫力を感じさせるものがあるかと思えば優美さや典雅さを感じさせるもの、そしてどこかほっとできるような素朴さを伝えてくるものがあり、見ていて飽きることがない。

（まるで宝石箱みたいなお城だわ。ううん、おもちゃ箱かも）

ついついきょろきょろと辺りを見ていると、傍らのデュミナスが小さく笑った声が届く。

（あっ）

恥ずかしさに俯《うつむ》いてしまうと、

「いや——失礼」

デュミナスが、まだいくらか笑いを声に残したまま言った。

「そんなつもりではなかったのです。気に入っていただけたようでよかった、と思っていました。どうぞ顔を上げてください」

「は、はい……」

「姫の国とも似ていますから、慣れるのも早いでしょう。いずれはこの国の名所や旧跡にも是非ご案内したいと思っていますよ」

「あ、ありがとうございます」

優しい言葉に、ほっと頷いたとき。一つの部屋に辿り着いた。

入ってみて、さらに驚く。

庭が一望できる大きな窓に高い天井。そこには淡い色で美しい天上の風景が描かれている。

壁紙の薄桃色は腰板の飴色《あめいろ》とよく合い、部屋全体を明るく見せている。

猫足のソファやテーブルも淡い色で統一され、春の花畑の中にいるようだ。

(すごい……)

ほうっ、と感動の息をついていると、

「気に入っていただけましたか？」

窺《うかが》うように、デュミナスが言う。

ということは、ここが、わたしの部屋……？

こんなに素晴らしい部屋が？

佇んだまま、返事をすることも忘れていると、

「どうぞおかけになってください」

わたしの手を取り、ソファに促しながらデュミナスが言う。直後、彼は小さく苦笑した。

「ああ――いえ。ここはすでにあなたの部屋ですね。わたしの方こそ、座らせてもらってもいいでしょうか？」

そして悪戯《いたずら》っぽい口調で言って、わたしを見る。わたしは笑いながら「もちろんです」と

頷いた。彼の気遣いの一つ一つで、緊張が柔らかくほぐれていく。

それを嬉しく感じながら二人それぞれにソファに腰を下ろしていると、城の侍女がお茶を持ってくる。

彼女たちが部屋から出ていくと、王子はじっとわたしを見つめ、そして言った。

「改めてお礼申し上げます、セシル姫。我が国へ来ていただきありがとうございます」

「い――いいえ」

「心から嬉しく思います。一日も早くこうして、あなたと二人きりで話がしたかった」

微笑んだまま言うデュミナスの言葉は優しく、わたしはお茶を飲むのも忘れて聞き入ってしまう。

そんなわたしに、デュミナスは目を細めて笑った。

「それに、お送りくださった肖像画よりもずっとずっとお綺麗だ。姫の美しさはこの田舎《いなか》の小国にも聞こえていましたが、これほどとは」

「そ……んな……」

「その金の髪は、我が国のうららかな陽にさぞ映えることでしょう。青い瞳は、水の豊かなこの国の象徴のようだ。本当に――得難いお方です、あなたは」

微笑んだまま言うと、デュミナスはゆっくりとお茶を飲む。

わたしも続くようにしてなんとかカップに口をつけたが、味などわからなかった。

過分なほどの褒め言葉に、赤面せずにいるので精一杯だ。

そうしていると、持っていたカップをゆっくりとソーサーに戻したデュミナスが、改めて見つめてくる。

まっすぐな視線にドキリとする。その表情も、さっきまでと少し変わっているようだ。

雰囲気も違う。

ただ優しいだけではない、どこか強い意志を感じさせる面差しと気配。

息を止めて見つめ返すと、

「姫」

わたしの胸を震わせる声音で、彼は言った。

「結婚の前に、一つ、申し上げておきたいことがあります」

「は、はい」

緊張して、わたしは次の声を待つ。

デュミナスはわたしを見つめたまま、静かに続けた。

「わたしは、なにも恐れません」

「！」

思わず息を呑んだ。

じっと見つめてくるデュミナスの瞳は美しく、そして真摯《しんし》で奥深い優しさを湛《たた》えている。

声も出せずにいると、彼はふっと微笑んだ。

「姫の過去の不幸な出来事や、それについての噂は存じています。どれほど遠く離れた国でも、頼んでもいないのに耳に入れようとする者がいるのです」

「はい……」

「ですが、わたしはそれを気にしてはいません。姫の婚約者の方々は気の毒だと思っています。ただそれはあくまで偶然でしょう。わたしはそう思っています。この結婚の障害ではない」

「……殿下……」

デュミナスの言葉に、わたしは涙ぐんでいた。

彼の言葉はわたしの胸に届き、そこを優しく抱きしめてくれる。

こうもきっぱりと、はっきりと「気にしていない」と言ってくれるなんて。しかもその表情や声音からは、偽りは感じられない。

「ありがとうございます……」

嗚咽《おえつ》を堪《こら》えながらなんとかそれだけを絞り出すと、デュミナスは静かに手に手を重ねてくる。

「大切にいたします——。姫」

紡がれた優しい言葉に、わたしは感謝と感激を覚えながら深く頷く。彼のもとに嫁いできてよかったと——心から思いながら。

◆　◆　◆

結婚式当日の盛り上がりは、わたしが想像していた以上のものだった。

王都では、街の至るところに花や旗が飾られ、わたしたちの結婚を祝ってくれている。

しかも、今日は王都だけでなく、国中が結婚を祝してお休みらしく、城から結婚の儀式を行う聖堂のある丘までの道中も、歓迎してくれる街の人たちでいっぱいだった。

わたしとデュミナスが乗る馬車へ向けられるあまたの歓声や笑顔は、結婚を祝福してくれているとともに、デュミナスが——この国の王子が国民から好かれていることをひしひしと感じさせるものだった。

どこへ行っても、みな彼に対して眩《まぶ》しいほどの瞳を向けてくるのだ。

凜々しく美しい、若き王子に。

（慕われているのだわ……）

聖堂で滞りなく結婚の儀式を終え、ほっとしつつ城に戻りながら、わたしは改めてデュミナスの人気を噛み締めていた。

帰り道にも、人がいっぱいだ。デュミナスを一目見ようと集まっているのだろう。

(でも確かに、彼なら人気があるのも納得だわ。そういう人だもの)

わたしは夫となったデュミナスを見つめながら、改めてこの一週間のことを思い返した。

この国に来た日に言ってくれた「気にしていない」という言葉だけでも泣いてしまうほど嬉しかったのに、彼はその後もあれこれと気遣ってくれた。

ルザール国の風習や王城での立ち居振る舞いについてそれとなく教えてくれたり、結婚の儀式について説明を受けているときもずっと側にいてくれたり。

とにかく、わたしが不安を感じることがないように常に気にしてくれていた。

国から連れてきた侍女たちが、そのままわたしの身の回りの世話をすることを許してくれたのも嬉しかった(国によっては、連れていった侍女たちはそのまま返され、嫁ぎ先の侍女にそっくり入れ替えられてしまう場合もあるらしい。結婚したのだからそれまでの国のやり方は早く忘れて、嫁ぎ先の国のやり方に馴染めということのようだ)。

とはいえ、デュミナスが準備してくれていた侍女たちももちろんいるから、思いがけず身の回りの世話をしてくれる人たちが多くなってしまったけれど、彼女たちも喧嘩《けんか》したり張りあったりすることなく仲良くやってくれている。

それもきっと、デュミナスが心を配ってくれたからだろう。

だからなのか、ソフィをはじめとしたシャラヤからついてきてくれた者たちも、瞬く間にデュミナスのことを好きになったようだ。

快活で精悍で、王子らしく堂々としていて、でも偉ぶらず優しいデュミナス。

国民に慕われるのも当然だ。

(彼に相応《ふさわ》しい妻にならなければ……)

彼を見つめたまま、わたしは胸の中で独りごちる。

わたしの噂を知って、それでもわたしを選んでくれた人だから、彼の役に立ちたい。

実を言えば今日までの一週間、本当に大丈夫だろうかという不安が常につきまとっていた。

胸の中から離れなかった。

万が一——万が一、「また」わたしの結婚相手となる人になにかあったら、と。

彼に、デュミナスに、もし——もしなにかがあったら、と。

大丈夫だと自分に言い聞かせていても不安でたまらなかった。彼のことを好ましく思っているからなおさらだ。そんなわたしの不安を察して、日に何度も会いに来てくれるような彼だったからなおさらだ。

できることなら、もういっそなにもせずに、どこにも出かけずに、結婚の日までずっと安全な場所に居続けて欲しいとさえ言いたかった。

けれどそうして不安になることは噂を本当だと認めてしまうような気もして、だからなにも言えなかった。

この一週間がとにかく無事に過ぎるように願うしかなかった。今までの婚約者たちのように、不慮の事故や病気で死んでしまうことのないように、と。

結果、無事に今日の日を迎えることができた。

このあとは、結婚の儀が終わったことを披露するための祝宴に出席して――そして二人で夜を過ごすことになる。そうなれば、デュミナスと本当の夫婦になれるのだ。

（あと少し……あと少しだわ……）

あと少しだけ、何事も起こりませんように。

わたしは胸の中で繰り返す。

そのとき、

「姫」

向かいから、声がした。

慌てて目を向けると、デュミナスが気遣うような視線で見つめてきていた。

「疲れましたか？　もしお疲れなら、祝宴の開始時間を少し遅らせましょう」

「い、いいえ」

わたしは頭を振った。

きっと思い詰めた顔をしていたせいで疲れていると思われたのだろう。

微笑むと、「大丈夫です」と返す。わたしのせいで、デュミナスに迷惑はかけられない。他の人たちにもだ。

わたしはその思いを新たにすると、不安を振り払うように小さく頭を振る。するとデュミナスは、わたしを励ましてくれるかのように微笑んだ。

「では予定どおりにいたしましょう。ですが、もしなにかあれば遠慮なくおっしゃってください。祝宴も大切ではありますが、わたしにとってなにより大切なのはあなたなのです。それに比べれば時間を少し遅らせることなどなんでもありません。わたしの城の家臣たちも優秀です。たとえ予定が変更になったとしても、それに見事に合わせてくれるでしょう。なんなら、どれほど優秀か試すために遅らせてみてもいいのですよ？」

最後は少しふざけるように言うデュミナスの口調に、わたしは思わず小さく笑った。

こんなふうに、わたしが負担に思わないように気遣ってくれるのが嬉しい。

「それはまたの機会にいたしましょう」

だからわたしも、笑ったままそう言った。

「今夜は、予定のとおりにいたします」

「わかりました」

デュミナスが頷く。次いでふと柔らかく目を細め、わたしを見つめてきた。

思いがけない視線に戸惑っていると、

「綺麗だ」

微笑んだまま、彼が言った。

「純白の花嫁衣装に身を包んだ姫は、今までにもまして本当に美しい。結婚の儀の間も、見とれてばかりでした」

「！」

「城に着けば見納めになるのかと思うと、惜しくてたまりません。御者《ぎょしゃ》に命じて、この馬車の歩みを遅らせたいぐらいです」

「殿下……」

率直な褒め言葉に頰が熱くなる。

そんなことを言うデュミナスの方こそ、輝くばかりの格好のよさなのだ。

数時間前、結婚の儀の際に顔を合わせたときも、結婚衣装に身を包んだ彼の秀麗さに、胸がどきどきして止まらなかったし、今だって見るたび感嘆の息が零れてしまうというのに。

恥ずかしさについ俯いてしまうと、そんなわたしの頰にデュミナスの手が触れた。

「どうか顔を上げてください、姫。その綺麗な姿を、もっとわたしに見せてください」

「っ…殿下……」

「ここは二人きりです。祝宴の際にはまた新たな美しいあなたを見られるだろうとはいえ、花嫁衣装のあなたを見られるのはあと少し――。わたしの花嫁となったあなたの姿を、わたしの目に焼きつけさせてください」

頬に触れていた手でそっと手を握られて、そう言われれば、いつまでも俯いていられなくなる。

まだ頬が熱いことを感じつつもそろそろと顔を上げると、微笑んでいるデュミナスと視線が絡む。

彼の貌《かお》が、いっそう柔らかく笑んだ。

◆　◆　◆

城へ戻ると、決められていたように祝宴のための準備に取りかかった。

といっても――わたしは侍女たちにされるがままだ。

打ちあわせていたとおりのドレスに着替え、ヘアスタイルを変えアクセサリを整える。

祝宴に出席するのは高位の貴族たちだと聞いているが、彼らとの対面は初めてだ。

わたしの過去や、それに関する噂は、きっと彼らの耳にも入っているだろう。

どう思われるだろう？

想像すると、俄《にわか》に不安が込み上げてきた。

気にしすぎだったのかもしれないが、街の人たちからは、ときおり好奇の視線――「あれが噂の『眠らせ姫』か」という視線が投げかけられているような気もした。

貴族たちは、デュミナスのように、噂は信じないと思ってくれているだろうか。

この国に、デュミナスに相応しいと思ってくれるだろうか?

どきどきしながら鏡の前であれこれ確認していると、

「お綺麗ですよ、姫さま」

着替えを手伝ってくれていたソフィが、感極まったような声で言った。

「本当に……姫さまのこんな晴れ姿を目にすることができて、ソフィは幸せでございます」

「ソフィったら」

大げさな言葉に、わたしはつい苦笑する。ソフィは涙を浮かべたまま微笑んだ。

「申し訳ございません、おめでたい日に涙など……。ですが……嬉しいのです。ずっとお側にお仕えしていた姫さまの、こんなにもお美しいお姿を見ることが叶《かな》って」

「デュミナス殿下に感謝しなければね」

「ええ――ええ。本当にご立派なお方ですねえ。姫さまが聖堂に行かれている間に、わたしたちも話していたのですよ。どちらもお優しくお美しい方々同士で、さぞ似合いの、素晴らしい結婚の儀が行われたのだろう、と」

「……そうね……。わたしはともかく殿下はとても素敵でいらしたわ。それに結婚の儀はなんだか厳かな気持ちになったわ」

シャラヤとはまた違う形での結婚の誓いだったけれど、粛々と行われたそれは深く胸に響くもので、「これでデュミナスの花嫁になるのだ」と思うと幸せな心地になった。

わたしの言葉に、ソフィは「そうでございましょう」と頷く。

「あとはこの祝宴を残すのみ。その後は、もうお二人のことでございます。どうぞつつがなくお務めなさいますよう」

「ええ……」

わたしは深く頷いた。

そう。この宴《うたげ》が終われば、本当の意味でデュミナスと二人きりになれるのだ。二人きりになれれば、あとは身も心もデュミナスに委《ゆだ》ねるだけだ。

(身も……心……も……)

考えた途端、一気に頰が熱くなる。わたしはティアラの位置を直す素振りでそれを隠した。

◆

祝宴は王城の一番大きな部屋で行われた。部屋——というよりもここはホールだ。端から端まで歩くと疲れてしまいそうなほどの大きさのこの部屋は、王城でも一番の広さらしい。

デュミナスの父、現国王の結婚の際も、ここで祝宴が行われたという。その国王は体調が悪く、残念ながら今夜この場にはいないけれど、数日前、デュミナスとともに会ったときには、結婚について温かな言葉を寄せてくれた。

そんな王の肖像画も、ホールの壁に飾られている。

他にもいくつも並べられた絵の中には、この国の歴史の流れを描いたものもあるらしい。

そして一際高い天井に、数えきれないほどのシャンデリア。その眩《まばゆ》さは、目もくらむほどだ。

身長の二倍はあろうかという大きな窓は開け放たれ、庭で演奏されている楽の音とともに心地よい風が運ばれてくる。

タイミングよく次々と饗《きょう》される料理も贅《ぜい》と美味を尽くしたもので、まさにこの国の王子の結婚を祝って集《つど》う宴に相応しいものだった。

集まっているのはほとんど身内のような高位貴族と地方の豪族、そして国の経済的な発展のためには協力が不可欠な大商人たちだ。

デュミナスにとっては昔からの気の置けない人たちばかりらしく、だからだろう、隣に座る彼は、昼間の結婚の儀のときとは違った、くつろいだ表情で客たちとの歓談を楽しんでいる。

そんなデュミナスの様子には、わたしも嬉しくなった。

けれど一方で、気になることもあった。

列席している人たちからときおり向けられる、不安そうな視線だ。

（やっぱり……）

わたしは微《かす》かに唇を噛んだ。

仕方のないことだとはいえ、やはり悲しくなってしまう。

とりあえず、結婚の儀式は無事終わったし、お披露目の祝宴もこうして無事執り行われている。

けれど、この直後になにかが起こってもおかしくはない。それについての不安と心配なのだろう。

二人の婚約者が死んでしまったときも、寸前まではそんな不幸は誰も予想していなかったのだから。

そんなふうに、自分に向けられている視線が気になってしまったせいだろうか。気づけば部屋の中に佇む警護の兵たちも、急に目につくようになる。

王子であるデュミナスをはじめ、高位の貴族たちが集う宴なのだから厳重な警護も当然なのかもしれないが……。

結婚相手がわたしでなければ——婚約者が立て続けに二人も死んでしまったわたしとの結婚でなければ、こんなに厳重な警備を敷くことはなかったんじゃないだろうか……？

考えても仕方のないことなのに、つい考えてしまっていると、頬に視線を感じる。

何気なく見ると、こちらを見ていたデュミナスと目が合う。慌てて、わたしは目を逸《そ》らした。

大切な祝宴なのに、一人不安に駆られたまま考え事をしていた自分を彼はどう思っただろう？

申し訳ないような恥ずかしいような気持ちにいたたまれず俯いてしまったとき。

デュミナスが人を呼んだ。

ちらと見れば、ほどなく一人の厳《いか》つい男が近づいてくる。祝いの席にも拘わらず剣を帯びている様子からすると、警備の責任者だろう。

デュミナスが何事か耳打ちすると、男はぎょっとした顔を見せながら「ですが……」と躊躇うような声を上げる。しかしデュミナスは「いいから」と譲らない。

いったいどうしたのだろうか？

気になって見つめていると、やがて、男は不承不承といった表情ながら、「かしこまりました」と頭を下げて離れていく。

なにがあったのだろうかと不思議に思ったが、その謎《なぞ》はすぐに解けた。

ほどなく、部屋からすべての警備の男たちがいなくなったのだ。

周囲がざわめき始める。だが、デュミナスは平気な顔だ。

注がれていたお酒を美味《おい》しそうに飲むと、

「無粋だからな」

呟《つぶや》くように——けれどわたしに聞こえる声で言う。はっと見ると、彼は優しく笑んで続けた。

「彼らの仕事は大切だが、華やかな場には不似合いだ。そうだろう？」

そしてデュミナスは酒を飲み干して立ち上がると、わたしに向けてさっと手を差し出してきた。

目を瞬かせるわたしに、彼は小さく苦笑して言った。

「わたしと踊ってもらえませんか、姫」

「あっ」

慌てて、わたしは腰を上げると彼の手に手を重ねる。

途端、優しく引き寄せられ、そっと抱き寄せられた。されるままに身を委ねると、ふわりとリードされ、流れるようにしてフロアの中央に誘《いざな》われた。

音楽に合わせて優雅に刻まれる彼のステップは、まるで雲の上を歩むかのようだ。けれど同時に安心感があって、まったく不安なく身を任せられる。

こうして踊っていると、周囲から向けられていた視線も気にならなくなっていくようだ。ほっとしていると、デュミナスと視線が絡む。その笑顔から、彼の一連の行動はわたしのためにしてくれたものなのだとわかり、胸が熱くなる。

腰を支えてくれる手から、握られている手から、温《ぬく》もりが伝わってくる。

「あの…殿下」

わたしは踊りをやめぬまま、そろそろと口を開いた。

「ありがとうございます……」

「？　なんのことだ」

するとデュミナスは、小さく笑って首を傾げてみせる。

わざととぼけてくれるその気遣いが嬉しい。

彼とならば、不安も噂もきっと乗り越えていける。

「ありがとうございます」

再び、今度は笑顔で言うと、デュミナスは笑みを深め、

「そのドレスもとても似合っている」

きゅっと手を握りながら言う。

わたしはますます頬が熱くなるのを感じながら、「ありがとうございます」と彼の手を握り返した。

◆

色とりどりの花が浮かべられた湯で身を清め、侍女たちの手で身体の隅々まで香油を塗られると、わたしは素肌に薄物を羽織っただけの格好で寝室に続く扉を開けた。

甘く官能的な香りが漂い、蠟燭《ろうそく》の灯《あか》りなのか飴色の光がゆらゆらと揺れているのが見える。天蓋《てんがい》付きの寝台には、ゆったりと身を横たわらせているデュミナスの姿がある。灯りのためなのか、今までの彼よりもいっそう艶《なま》めかしい。目にした途端、肌がざわざわとさざめいた。

心臓の音が、みるみる早く大きくなる。じわりと頬が熱くなる。動けなくなっていると、デュミナスが寝台を下り、ゆっくりと近づいてきた。

「疲れたでしょう。儀式に祝宴にと慌ただしい一日でしたから」

そっと手を取られ、寝台に誘われる。彼に触れられると、心音はますます早くなった。

腰を下ろした寝台はふわりと柔らかだ。渡された甘いお酒を、一口飲んだ。傍らに腰を下ろしたデュミナスに、髪を撫《な》でられる。

「これからはもう、二人きりです」

「殿下……」

「すべてわたしに任せてください。愛《いと》しい姫——さあ、身体の力を抜いて」

声とともに手にしていたグラスを取られたかと思うと、そのまま静かに抱きしめられる。

一気に耳が熱くなった。強張《こわば》りかけた頬を撫でられたかと思うと、頤《おとがい》を掬《すく》われ、そっと口づけられる。

「ん……っ……」

初めての口づけに、柔らかな唇の感触に、肌が粟立《あわだ》つ。

どうすればいいのかわからないほど、頭の中が彼でいっぱいになる。彼の手の温かさが、彼の香りが生々しく肌に伝わってくるたび、ドキドキはいっそう高まっていく。

優しく啄《ついば》むようにして何度か口づけられたかと思うと、そろりとシーツの上に押し倒された。

全身にじわりと感じるデュミナスの重みが気恥ずかしい。どんな顔をすればいいのかわからず、つい隠すようにして身を捩《よじ》りかけると、

「だめですよ、姫」

小さく笑ったデュミナスが、頬に口づけてきた。

「逃げないで……その可愛らしい顔を見せてください」

「……で、でも……っ……」

「でも？」

「でも……は、恥ずかしく……て……」

絞り出した声は、彼との口づけに溶ける。

熱い唇に再びしっとり唇を覆われ、くぐもった声を零すと、今度は濡《ぬ》れた温かなものが口内に挿《さ》し入ってきた。

「んんっ——」

それがデュミナスの舌だと気づいたのは、その温かなものがわたしの舌に触れたときだ。

くすぐるようになぞられたかと思うと、柔らかく吸い上げられ、そのたび頭の芯《しん》が溶けるような快感が背筋を突き抜ける。

思わず縋《すが》るようにしてデュミナスの身体をかき抱くと、口づけはいっそう深くなった。

「ん……んぅ……ん……っ……」

口内を探られるたび、身体の奥が甘く痺《しび》れる。

恥ずかしいのに身体はぐんぐん熱くなり、じっとしていられないようなむずむずするような感覚が込み上げてくる。

「は……ぁ……っ」

いつしか纏《まと》っていた薄衣を取り去られてしまったかと思うと、首筋に、露《あら》わになった胸も

とに口づけが降る。くすぐったいようなその感覚に身を震わせた次の瞬間、

「っァ……っ――」

胸の突起を優しく含まれ、甘美な刺激にびくりと大きく背が撓《しな》った。

「ぁ……っん、ん、あァ……っ」

ぴちゃぴちゃと音を立てて柔らかく吸われるたび、あられもない声が次々溢れてしまうのが恥ずかしくてたまらない。

なのに嬌声《きょうせい》は止められず、デュミナスの指が、唇が、舌が触れるたび、身体の奥で熱いものがうねり、とろけるような感覚に包まれる。

「綺麗な肌だ」

彼の愛撫《あいぶ》に身悶《みもだ》えするわたしの耳に、デュミナスの熱っぽい声が届いた。

「掌《てのひら》に吸いついてくるようで――甘い香りがして……」

「んんっ――」

「なめらかで瑞々《みずみず》しい果実のようだ。いつまでも触っていたい――」

「あァ……っ――！」

直後、舌先で刺激されていた乳首をちゅうっと一際強く吸い上げられ、高い声が口をついて溢れる。

仰《の》け反《ぞ》った喉《のど》もとに再び口づけられたかと思うと、その唇は軽い音を立ててわたしの肌に

口づけの痕《あと》を残しながら、次第に下へ降りていく。

腰に、腹部に口づけが下り、手触りを確かめるかのようにして撫でられる。柔らかなタッチにうっとりと大きく息をつくと、やがて、彼の手が脚に触れる。

そっと摑《つか》まれ、両脚をゆっくりと割り広げられたかと思うと、戸惑うわたしの下腹部に、彼の唇が触れた。

「つぁ――っ……」

秘所に唇で触れられる羞恥《しゅうち》に、頭の中が真っ白になる。なのにその口づけは今まで経験したことがないほど甘く、深い快感を連れてくるから、混乱してどうすればいいのかわからなくなってしまう。

「や……つぁ…や…だ、め……っ……」

身を捩って逃れようとしたものの、デュミナスの唇が、舌がそこに触れると、身体から力が抜けてしまう。

拡《ひろ》げられた脚が震える。露わにされた秘所を音を立てて舐《な》められるたび、その淫《みだ》らさと腰が溶けるような快感に全身が熱く熱くなっていく。

「つ…や…殿下……や…ぁ……っ」

「力を抜いて――なにも考えずに身を委ねてください。綺麗ですよあなたの身体は。こんな――秘められた箇所まで綺麗だ」

「あッ……！」

「淡い色の花が綻《ほころ》んだような初々しさだ。甘い蜜《みつ》を零して――震えている。そんなさまを見せられると、もっともっと感じさせて、その可愛らしい声を聞きたくなる」

「は……っぁ……あァ……ッ――」

自分で自分の身体がどうなっているのかもよくわからなくなる。

ただ、「そこ」を舌先で擦《こす》るようにして刺激され、柔らかく吸い上げられると、体奥から熱いものが溢れるような感覚とともに酩酊《めいてい》するような甘い快感に全身がわななく。

気持ちがいい。けれど気持ちがいいから怖い。なんだか自分が自分じゃなくなるようで怖い。

溶けるようで、燃えるようで、息が乱れて、なにも考えられなくなって、恥ずかしいのにもっと、とねだってしまいそうで怖い。

「ぁ…ぁ…殿下……っ…ぁ……」

けれどそんなわたしの揺れる気持ちをよそに、デュミナスの愛撫は止まらない。それどころか、ますます熱を増し、わたしを翻弄《ほんろう》する。

やがて、濡れた音とともにそこを舐め上げられた瞬間。

「ア……ああっ――」

今まで感じたことのない、いっそう大きな快楽の波に攫《さら》われ、目の奥が白く染まる。

息が熱い。尾を引く高い声を上げたままビクビク腰を震わせていると、ほどなく、顔を上げたデュミナスが、そっと頬に触れてくる。

うっすらと濡れたままの唇の淫蕩《いんとう》さにわたしが真っ赤になってしまうと、彼は微笑みながら目尻に触れてくる。いつしか零れていた涙をそっと拭《ぬぐ》われ、汗の浮いた額に口づけられた。

「達したあなたの声は、この上なく可愛らしいものですね。一晩中でも聞いていたいほどだ」

「あ……わたし…達し…て……」

「ええ」

頷いて再び口づけてくるデュミナスに、わたしはますます真っ赤になった。

知識として知ってはいた。教えられてはいた。閨《ねや》で自分の身体がどんなふうになるのかは。けれど、今夜まであんなに甘美なものだとは知らなかった。深いところに引きずり込まれるような。なのに高いどこかへ飛ばされてしまうような、あんな感覚だなんて……。

でも…大丈夫だっただろうか？　おかしくはなかっただろうか？

「あ…あの…殿下……」

「ん？」

「わ、わたしおかしくはなかったでしょうか」

「おかしく？」

「これが普通ですか？　と、途中からなにも考えられなくなって……わたし…あの……」

妙なことを口走ったり失礼なことをしていないだろうか。

不安になって見上げると、デュミナスは小さく笑う。そしてもう何度目になるかわからない口づけを静かに落としてきた。

「おかしいなど……。とんでもない。可愛らしくて素敵でしたよ。ますます好きになってしまったほどです」

そのまま、デュミナスの手は再び胸もとをなぞり、乳房に触れ、そこを撫でて脇腹《わきばら》へと滑り落ちていく。

わたしが息を呑むと、彼の手は少し前まで舌と唇で愛撫されて、まだ熱を持って潤んでいる秘部にそっと触れた。

「っ……っ」

指で探られ、ぞくりと背が震える。秘所でも一際敏感な「そこ」をそろそろと撫でられると、湿った息が零れる。その唇に、唇が重ねられた。

舌に舌が絡められ、舐《ねぶ》られながら指を動かされると、先刻感じた、溶けるような快感が、また腰の辺りから広がり始める。

だが次の瞬間、彼の指が身体の奥に挿し入ってこようとするのを感じた途端、びくりと身体が強張った。

「姫。大丈夫です。力を抜いて」

囁きに、夢中で頷く。頷いて力を抜こうとする。けれどどうしてか思うように身体は動かない。

「つ…だ、大丈夫です……」

「姫……セシル……？」

続けてください、と小さな声で促す。

しかしデュミナスは指を抜くと、またそろそろと——優しい手つきで宥《なだ》めるようにしてわたしの一番心地よい部分をさすり始める。

「殿下…で…ぁ……」

「少し時間をかけた方がよさそうだ。あなたに強引なことはしたくない」

「は…い……」

「大丈夫ですから——力を抜いて」

囁くと、デュミナスは頷いたわたしに口づけ、再び指を挿し入れるようにして動かし始める。

彼の愛撫でたっぷりと濡れているからか、ほどなく、指が身体の中に入ってきた感覚があった。

幸いにして激しい痛みはない。それでも、違和感と異物感、そして拭えない恐怖感に、身体が硬くなってしまう。それはデュミナスにも気づかれているだろう。

「ご…ごめんなさい……」

思わず謝ると、デュミナスはゆっくりと首を振った。

「謝ることはありません。ただ……続けても？」

気遣うような声音と言葉に、わたしは深く頷いた。

初めてのせいで身体は緊張しているけれど、心は決めている。

彼のことが好きだ。この人が好きだ。

初めてのわたしをずっと気遣ってくれているこの人と初夜を迎えられて幸せだ。ううん、今だけじゃない。彼は今日の祝宴のときもわたしを護《まも》ってくれた。この城に来たときからずっとわたしのことを気にしてくれていた。

それに——この初夜を終えなければ、彼と本当に契《ちぎ》りを結んだことにはならない。結婚したことにはならない。

結婚前に二人の婚約者が亡くなった「眠らせ姫」——。そんな不名誉な噂を打ち消すためにも、早く身も心も彼のものになってしまいたい。

「続けてください。殿下…どうか……。わたしは大丈夫です」

赤くなりながら声を押し出すと、デュミナスは優しく微笑み、額に口づけてくる。

そして入れたとき同様ゆっくりと指を抜くと、わたしの両脚の間に身体をずらし、覆い被《かぶ》さってくる。

緊張に混乱する中、ただただ温もりを感じたくてぎゅっと抱きつくと、強く抱き締め返される。

まだ潤んでいる秘所に熱いものが押し当てられた瞬間、なにもわからなくなった。

◆
◆
◆

「姫——姫……？」

耳もとで聞こえる優しい声に、わたしはふっと目を覚ました。

途端、清々《すがすが》しい陽の光が辺りに満ちていることに気づく。

「っ……」

朝だ。

はっと息を呑んで起きかけたとき、その身体をふわりと抱き締められた。

見れば、すぐ側にデュミナスの貌がある。

真っ赤になった直後、その頬に口づけが落とされた。

「おはよう。ですがまだ眠っていて大丈夫ですよ」

「で……んか……」

改めて見れば、寝台に腰掛けた格好の彼はもうきちんと身支度している。ほとんど裸の自分が恥ずかしく、わたしは慌ててシーツをかき寄せる。

デュミナスが笑った。

「隠さなくてもよかったのに」

「で、殿下はどうしてそのような……」

「残念ですが仕事です。よりによってこんな朝にとは思うのですが、急ぎの件でどうしても起きねばならないようです。ですがあなたはゆっくりするといい。食事もここへ運ばせましょう。本当なら、姫とゆるゆるとまどろんで朝食を一緒にと思っていたのですが……」

大仰なほどの残念そうな口調で戯《おど》けるように言うと、デュミナスは肩を竦《すく》める。

そしてわたしの髪を撫で、立ち上がった。

「午後からは姫にも訪問客の挨拶《あいさつ》を受けてもらうことになるでしょう。それまでゆっくりと身体を休めていてください」

今日の予定を確認するように言い、わたしの肩を撫でると、そのまま出ていこうとする。

「あの……っ」

その背中に、わたしは慌てて声をかけた。

デュミナスが「ん？」と不思議そうに振り返る。

わたしはごくりと息を呑むと、思いきって尋ねた。

「あの……わ、わたし、ちゃんとできましたか？」

声が小さくなってしまう。恥ずかしい。けれど大切なことだ。恥ずかしさや恐怖や緊張が入り交じって押し寄せてきたせいで、途中からなにもわからなくなってしまったから。

心臓がどきどきするのを感じながらその旨を伝えてデュミナスを見つめると、ややあって、彼はふっと微笑んだ。

「ええ。素敵でしたよ」

「──！」

そしてちゅっと頬に口づけられ、一気に全身が熱くなる。

ぼうっとしてしまったわたしの反対の頬にも口づけると、今度こそデュミナスは部屋を出ていく。その背中を見送ると、わたしは耳まで熱くなっているのを感じながら、布団の中に潜《もぐ》り込んだ。

◆

「──殿下、妃殿下におかれましては、末永くお幸せで過ごされますよう」

決まり文句の口上で挨拶を締めて深々と頭を下げると、大陸の南、ドラール王国からの使者は部屋をあとにする。これで、十二人目の使者だ。

姿が見えなくなり、足音も聞こえなくなると、

「――ふう」

隣に座っているデュミナスが、いかにも疲れたといった様子で息をつく。その気取りのない様子にわたしは思わず微笑んだ。

結婚の儀の翌日となる今日は、昼過ぎからさっそく公務に追われていた。

昨夜の祝宴には列席していなかった地方の貴族たちや商人たち、そして各国からの使者たちが次々と祝辞を伝えにやってくる。その応対だ。

「お疲れなのですね、殿下」

わたしが言うと、

「いささかな」

デュミナスが苦笑した。

「婚姻後の仕事の一つだから仕方のないこととはいえ、こうも代わりばえのない挨拶を聞き続けていると、さすがに飽きて疲れてくる。あなたは平気か？」

「はい」

わたしは頷いたものの、実のところやはり疲れを感じていた。

シャラヤにいたころから、父母の名代として公務に関わることはあったものの、デュミナスの妻として――王子の妃《きさき》として訪問客に会うことは初めての経験だからか、気づけばわたしもいつになく疲れているようだ。

なにより、結婚の翌日だ。

（つ……）

そう思った途端、不意に昨夜のことを思い出してしまい、わたしは頬が熱くなるのを感じた。

結婚の儀も祝宴もあったというのに、よりによって夜のことだけ思い出してしまうなんて……。

自分で自分の淫らさにいたたまれなくなってしまう。

（隣には殿下もいらっしゃるのに……）

しかもデュミナスは落ち着いた様子だ。昨夜のことなどおくびにも出さず、ごくごく普通にしている。王子として当たり前のことをしただけ、ということだろうか。結婚の中での決められた一つの行為を終えただけ、と思っているのだろうか。

（ううん）

わたしは首を振った。

王子は――デュミナスはそんな人じゃない。そんな人じゃない……と思う。

だって昨夜はとても優しかった。単なる手順の一つをこなすだけ、といった様子ではなく、慈しんでくれた。

——ずっと。

途中からはよく覚えていないけれど……。

でも身体のあちこちに、彼の感触が残っている。湯を使っても着替えても、染み込んだように残っている。口づけの感触が、吐息の熱さが、指の優しさが。

(いけない……)

わたしは知らず知らずのうちに熱い息をついていた自分を胸の中で窘《たしな》めた。

まだ陽も高い。それに公務中なのだ。ちゃんとしなければ。

「次の方はどんな方なのでしょうね」

わたしは気持ちを切り替えるように、隣のデュミナスに向けて話しかける。

だが、デュミナスは黙ってわたしを見つめ返してくると、不意に腰を上げた。

「一旦《いったん》別室で休憩しよう。姫もこちらに」

「え…で、でもまだいらっしゃる方が——」

「大丈夫ですよ。時間は調整させます」

デュミナスはそう言うと、戸惑うわたしの手を取り、早足に部屋を出ていく。引っ張られ、困惑しつつも彼に続くと、彼は空いた部屋の一つに入った。

二人きりになると、一気に身体が弛緩《しかん》する。気がつかなかったが、ずいぶん緊張していたようだ。

しかしほっと息をついた次の瞬間。

「セシル――」

耳もとで掠《かす》れた声が聞こえたかと思うと、突然ぎゅっと抱き締められた。

「で、殿下!?」

思いもかけなかったことに、混乱する。

「で…殿下……あの……」

いったいどうしたのですか、と尋ねかけたとき。

「んっ……」

その唇にデュミナスの唇が触れる。

急な口づけに、いっそう混乱した。しかもその口づけは、それまでの彼からは考えられなかった情熱的なキスだ。

戸惑うわたしを見つめてくるその瞳も、いつにない熱がこもっている。

その怖さに、思わず身を引こうとした寸前、

「セシル……姫――あなたが欲しい」

艶めかしく掠れた声で、デュミナスは言う。わたしは真っ赤になったままぶるぶると頭を

振った。

「い、いえ…で、でも……――でも、まだこんなに明る……っ――」

「妻を求めるのに昼も夜もないでしょう。それに――あなたもずいぶんと可愛らしい顔をしていた。上気した頬で、潤んだ瞳でわたしを見つめてきて……。あんな目で見られたら、我慢もできなくなるというものです」

「そっ……」

昨夜のことを思い出していたときの顔を見られていたのかと思うと、耳が熱くなる。

だが頬を染めて言い返しかけた声は、口づけで封じられる。すぐさま挿し入ってきた舌に舌を絡められると、その瞬間から頭がぼうっとしてしまう。

「つふ……っ……」

ぴちゃぴちゃと濡れた音が響くのが恥ずかしい。

昨夜とは別人のような性急さで求めてくるデュミナスに戸惑ってしまう。なのに身体の奥はその情熱的な行為に煽《あお》られるように熱くなり、覚えのあるざわめきに胸の中が騒ぎ始める。

「あ……っふぁ……っ」

やがて、ドレスの裾《すそ》を捲《めく》り上げられ、床に跪《ひざまず》いたデュミナスに大きく脚を開かされたかと思うと、秘部を露わにされ、そこにちゅっと口づけられる。

そのまま舌を使われ、すでに潤んでいた部分を執拗《しつよう》に舐められれば、そこはいっそう潤い、火照るような疼《うず》きが止まらなくなってしまう。

「ぁ……っぁ…殿下……っ」

覚えのある快感に、脚が震える。

舐められるたび、あられもない声が漏れてしまうのが恥ずかしい。

こんなに明るいうちから——誰に聞かれてしまうのかわからないのに——。

頭ではそう思っているのに、デュミナスの愛撫が熱を増すほどに、頭の中が白く染まっていく。なにも考えられなくなってしまう。

彼の舌が触れるたび、腰の奥が熱く溶けるようだ。四肢に力が入らなくなっていく。されるまま、ソファの上で幾度となく身悶えしていると、顔を上げたデュミナスにさらに脚を開かされた。

「力を抜いて——セシル」

声とともに、今までさんざん愛撫されていた性器を探るように指先でなぞられる。

「っ……」

弄《いじ》られるたび、ぴちゃぴちゃと濡れた音がする。縋るように抱き締めると、デュミナスの口づけが首筋に落ちる。

強く抱き締めると、そのままゆっくりとソファに押し倒され、熱いものが性器に押し当てられる。緊張に思わず息を詰めた次の瞬間、

「い……たぁ……っ……」

グイとデュミナスが腰を進めた刹那《せつな》、信じられないほどの痛みを覚え、わたしはきつく眉《まゆ》を寄せ、呻《うめ》くような声を上げていた。

（なに……これ……）

思わず逃げるようにして抗《あらが》ったが、抱き締め直されさらに腰を進められ、わたしは苦しさにますます眉を寄せた。

「つぅん…っ」

痛みと違和感は、デュミナスが腰を進めるほどに大きくなる。待ってと言いたいのに、声も出ない。身体の奥が、内側から強引にせり上げられるような感覚に、息も上手くできなくなる。

「あ……ぅ……ん……っ」

身体が密着する。抗っても熱いものはずぶずぶと挿し入ってくる。苦しい。怖い。なのにデュミナスは止めてくれない。伝わってくるのは、服越しの彼の心臓の音。そして身体の中で脈打つ彼の熱だ。

「……は……ぁ…っ……」

その大きさと熱さに震えながら大きく息をつくと、

「……？　セシル……？」

耳もとで、デュミナスの困惑しているような声がする。

けれどそれ以上にわたしも戸惑っていた。

二度目なのにどうしてこんなに苦しいのだろう？

昨夜はもう少し大丈夫だったはずなのに。

ベッドじゃないからだろうか？

混乱の中、痛みを堪えるように頭を振ると、デュミナスがぎこちなく髪を撫でてくる。

その手は優しく、宥められているようだ。けれど強張ってしまった身体は、「力を抜かなければ」と思っても容易にはそうできない。

それどころか、痛みのためか緊張のためか、怖さのためか涙があとからあとから溢れてしまう。

「っ…まっ…待ってください……殿下…わたし……っ」

わたしは混乱したまま声を上げると、思わずデュミナスを押しのけようとした。

少し待って欲しい。苦しい。どうして？

だがデュミナスの胸を押し返そうとしたその手は、彼の手に取られてしまった。

そのままソファに押しつけられると、彼は眉を寄せた苦しそうな表情のまま「無理だ」と首を振った。

「無理だ。待てない」

「で……っ…ああ――ッ――」

そしていっそう深く穿《うが》たれたかと思うと、彼は激しく動き始める。

苦しさに、わたしは何度となく身悶えた。

昨夜とは違う彼の性急さに、怖ささえ覚えるほどだ。身体の中に彼の存在をありありと感じる。

まるで初めてのようなその感覚に、惑乱はさらに大きくなる。

知らず知らずのうちに歯を食いしばっていると、その唇に、デュミナスの唇が触れる。

「ん……っ…んっ……」

啄むように口づけられ、小さく息を零すと、薄く開いた唇の間に彼の舌が滑り込んでくる。

舌を舐められ、息まで奪おうとするかのように深く口づけられ、きつく抱き締められ、わた

しを穿つ彼の動きがますます激しくなる。

壊れそうだ。怖い。こんなところでこんなに強引なことをされるなんて思っていなかった。

「つん……っ……ん、ん、んんっ――」

「姫……セシル――」

「殿下…ゃ…まっ……あ、ゃ……っ」

内臓が押し上げられるようだ。向けられる猛々《たけだけ》しさに、恐怖すら覚えてしまう。逃げよう

としても逃げられず、それどころか律動はいっそう激しくなる。

「ん……っぅ……あ……はァ……っ──」

そんな中でも口づけはぞくぞくとわたしの官能を煽り、だからよけいに恥ずかしい。

彼が動くたび、苦しいのに、恥ずかしいのに嬌声混じりの湿った吐息が零れる。

下肢の圧迫感と違和感は今も続いているものの、口づけられ、敏感な部分を柔らかく撫でられながら動かれると、身体の奥から次第に快感が込み上げ、じりじりとその甘さの中に引き込まれ溶かされていく。

「は……っ…ァ……っん、んんんっ──」

「セシル……」

「殿下……っ……ぁ……」

「ッ……」

「ぁ…ア…あ、あ、殿下…っ……ァ、ぁあっ──」

深く穿たれ、動かれるたび、声は次第に淫らに濡れる。

息が熱い。頭の中が、身体の奥が熱い。くらくらする。恥ずかしい。なのに気持ちがよくて、このまま溶けてしまいそうだ。

反った喉もとに、デュミナスの口づけが触れる。耳殻に、首筋に口づけられ、感じる部分を刺激されながらまた穿たれると、頭の芯まで痺れるような快感が背筋を駆け上ってくる。

やがて、一際奥まで穿たれ、ぎゅっと抱き締められた次の瞬間。

「つあ、っ……ッ…ア…あ、ああっ――……っ――」

　わたしは以前感じた、あの頭の中が白く染まるような感覚に包まれながら、高い声を上げて達していた。

　いや――あのときよりも、もっと濃厚だ。目の前が霞《かす》んで、頭がぼうっとして、なにも考えられない。

　そしてその強烈な余韻に動けないわたしの身体を、デュミナスがぎゅっと抱き締めてくる。直後、温かなものがじわりと体奥に広がった。

「つ……」

　デュミナスは食いしばった歯の間から掠れた声を上げると、荒い息を堪えるようにして髪をかき上げる。いつになく荒々しい――男らしい色香も露わな彼を間近で感じ、戸惑いつつも身体が熱くなるのがわかる。

　彼はゆっくりとわたしの中から出ていくと、服を整え、そろそろとわたしの髪に触れてきた。

「セシル……すまなかった。つい……」

「……」

「その…あなたの顔を見ていると堪えられなかった。なんというか…あまりにも……」

　声の最後の方は聞こえなかった。デュミナスもはっきり言わなかったのかもしれない。

けれどそんなことはどうでもよかった。

いくら夫とはいえ――ううん、夫になった途端にこんなに強引なことをしてくるなんて。

悲しいような憤りに唇を噛んでいると、

「姫――セシル……なにか言ってくれないか」

さらに気遣うようにデュミナスが言う。その声は、戸惑いに満ちている。

衝動に流された後悔が伝わってくる。それでも、わたしは抑えられない憤りを込めて彼を睨《にら》むことを止められなかった。

「……です……」

「え？」

「あんまりです。こ――こんなところで…こんなに強引に……。昨夜はもっと優しくしてくださったのに」

「あ………」

わたしが言うと、デュミナスはばつが悪そうに目を逸らす。

が、直後、

「昨夜は昨夜のことです」

と、どこか拗《す》ねたような口調で言う。その様子に、さすがにわたしも我慢できなくなった。

「た――確かに昨夜と今とではお気持ちも違ったのでしょうが、わたしは、まだ不慣れで…

その……。ですから、もう少し優しくしていただきたかったと申し上げているのです」

「不慣れなのはよくわかっています。だが、だからといってわたしを押しのけようとするようなまねをなさるから……」

「あ、あんなに痛いことをなさるからです！」

わたしが声を上げると、デュミナスは不思議そうな――戸惑っているような表情を見せる。

なにを言っているんだ、と言いたげな貌だ。

どうしてそんな貌をされるのかわからず、わたしも彼を見つめ返す。

しかし直後、

（ぁ……）

身体の奥から温かなものが零れ、脚を伝っていく感覚に、わたしは真っ赤になった。

デュミナスがわたしの中に残したものだ。

ソファを汚してしまう、と、慌てて立ち上がろうとしたが、途端、まだ上手く動かない身体がふらついた。

「きゃっ――」

「危ない！」

倒れかけたところを、デュミナスの胸の中に抱き留められた。

ほっとするのと同時に、頭上から「っ――」とくぐもった呻き声が届く。

はっと見ると、デュミナスが辛そうに眉を寄せていた。

「だ、大丈夫ですか？　お怪我《けが》を――――？」

わたしを支えてくれたときに、どこか傷めたのではないだろうか。

だがデュミナスはわたしをソファへ座らせ直してくれると、「大丈夫だ」と軽く首を振ってみせた。

「気にしなくていい。それから…身体や服が気になるようならここへ侍女を呼ぶ。彼女たちなら心得ているだろう」

そしてそう続けると、「このあとの公務はわたしだけで行おう。姫は部屋に下がっているといい」と言い残し、部屋をあとにする。

大丈夫だと言っていたけれど、部屋を出ていく彼は少し足を引きずっている。

やはり、わたしを抱き留めてくれたときに足を痛めたのだ。

彼の強引さに未《いま》だ戸惑いと憤りは感じつつも、後味の悪い想《おも》いは拭えなかった。

◆

そんな胸のつかえは、夜になっても解消されなかった。

結局、あの後はデュミナスの命でやってきたソフィに一切を任せることになった。

デュミナスがどう伝えていたのかわからないが、ソフィは勝手知ったる様子でわたしを部屋まで連れ帰ってくれると（その最中は誰とも顔を合わせずに済んだ）湯を使う用意までしてくれた上に手際よく着替えさせてくれた。

その後の公務はデュミナスが言っていたとおり彼だけで行ったらしく、わたしは部屋で身体を休めることができた。

だが、そのせい――だとは思いたくないが、夕食も一人で摂《と》ることになった。デュミナスは仕事があるようで、一緒に食事を摂ることはできなかったのだ。

そして、夜も――。

わたしはベッドで読んでいた本から顔を上げると、ふうっと大きく息をついた。

時計を見れば、時刻はもう真夜中を過ぎている。デュミナスはまだ仕事らしい。

結婚翌日にも拘わらず、一人で夜を過ごすことになりそうだ。

わたしはまた一つ溜息《ためいき》をついた。

昼間あんなことがあったとはいえ――否、あんなことがあったからこそ、なおさら夜は一緒に過ごせると思っていた。彼が慰めてくれると思っていたのに……。

このまま放っておかれるのだろうか。

想像すると、また一つ溜息が零れた。

彼が忙しいことは承知していた。王の公務の大半も代わりに行っているということは、結婚前から知らされていたことだったからだ。

だから一緒にいる時間があまり多くないことも理解していたし、結婚までの一週間でそれを感じたことも何度もあった。

だが……。

今まではそれでも時間を作ってくれていたのだ。わたしのことを気にしてくれていた。

なのに……。

(やっぱり昼間のせいなのかしら)

わたしは顔を曇らせた。

改めて、冷静になって考えてみれば、あんなに騒ぐなんてよくないことだったかもしれない。

まだ明るいうちから寝室でもない場所でいきなり求められた上、思っていた以上の激しさと痛さで動揺してしまったけれど、それも彼がわたしを愛してくれていた故《ゆえ》なのかもしれない。

一緒にいられる時間が少ない故のことだったのかもしれないのだ。

それに、彼は夫。そして自分は彼の花嫁だ。

わたしは昼間の自分の言動を思い出すと、ますます顔を曇らせた。少し考え、ベッドを下りると、ソフィを呼び夜着からの着替えを告げる。

デュミナスのところへ赴き、昼間の態度を謝ろうと思ったのだ。

だがそれを伝えると、ソフィは驚いたように目を丸くした。

「い、今からですか!?」

「ええ。こういうのは早いほうがいいわ。それに、お怪我をなさったかもしれないの。その具合も気になるし……」

「ですが……」

「殿下のお仕事の邪魔はしないわ。お目にかかって、少しお話ししてくるだけよ」

「では、わたくしも――」

「いいわ、一人で大丈夫」

「ですがこんな時間に」

「城の中よ。危ない目に遭うこともないでしょう」

わたしは笑顔で言うと、まだ心配顔のソフィに苦笑しつつ、夜着から簡素なドレスに着替え、国から持ってきた薬を手にデュミナスが仕事をしていると思われる執務室を目指す。

しかし――。

いざ城の中を歩き始めると、昼と夜とではまったく勝手が違っていた。

一週間以上を過ごしたし、もう一人でも大丈夫だと思っていたのに、それは大きな間違いだったようだ。

(困ったわ……)

蠟燭の灯りがちらちら揺れる人気《ひとけ》のない回廊を歩きながら、わたしは胸の中で繰り返していた。

夜の暗さのせいで、周囲の風景がわからない。多分こちらだろうと見当をつけて歩き続けた。けれどそれが間違いだったようだ。

同じような灯り、同じような石壁、同じような階段に惑わされ、なんだか迷ったようだ。

しかも気づけば、人気が感じられなくなっている。

王城なのだから、迷ってもいざとなれば誰かに尋ねればいいだろうと思っていたのに、この辺りには人っ子一人いない。警備の兵すらもだ。

そんなはずはないのに――。

(どうしましょう)

わたしは不安を紛らわせるように壁伝いに歩き続けたものの、胸の中には恐怖が広がっていく。

こんなときに限って子供のころに読んだ恐ろしい絵本のことが次々思い出された。

ドアを開けると別の世界に連れていかれてしまったり、暗闇《くらやみ》の中から妖魔が現れたり……。

そんなはずはないとわかっていても、自分で自分の考えにさらに不安を煽られ、泣きそうになってしまう。ここはいったい、どの辺りなのだろう？

戻る道もわからず、恐怖と不安に涙が込み上げてきそうになったとき。

どこからか、人の話し声が聞こえてきた。

「！」

誰かいる！

わたしは耳をこらすと、助かったと思いながら壁伝いに薄暗い石畳をそろそろと歩き、声の方へ近づいた。

男の声だ。警備の兵だろうか？

ならば彼に今の場所を尋ねて、改めてデュミナスのいる場所へ赴くか、部屋へ戻ればいい。

運がよければ彼が案内してくれるだろう。

ほっとしながら、わたしは足を進める。

しかしそのうち、妙なことに気づいた。どうやら声は長く緩く続く階下の方から聞こえてくるのだが、その声はどことなくデュミナスに似ている気がしたのだ。

(殿下が、ここに？)

不思議に思いつつさらに足を進める。細い回廊を通って辿り着いたのは、人工の洞窟のような、ぽかりと開けた場所だった。奥には扉がある。薄く開いたそこから、声は聞こえてくるようだった。

わたしはそろそろと近づくと、

「――殿下……？」

中を覗《のぞ》きながら、そっと声をかける。

途端、背を向けていた一人の男が驚いたように振り返った。

「姫!?　どうしてここに」

やはりデュミナスだ。わたしはほっとしながら、彼に近づいた。

「殿下にお目にかかりたかったのです。その…ひ、昼間のことを……。それにお怪我が気になって……」

「こんな時間に……」

彼はどうしてか、らしくないほど狼狽えている。

部屋はといえば、広さはわたしの部屋よりも少し大きいぐらい。だがまだ扉があるから、奥にも部屋があるようだ。

調度も一通り揃っているところを見ると誰かの部屋のようだ。王城の中には違いない。けれど普段わたしやデュミナスが暮らしているところとは、まったく趣の違うところだ。もっと暗い。人気もなく、警護の兵たちもいなかった。まるで打ち捨てられているような、隔離された場所のようだ。こんな人気のない場所にあるということは、隠し部屋かなにかだろう。

けれど、どうしてここにデュミナスが？

「殿下、あの…この部屋は……」

「わ――わたしの私室の一つです。一人になりたいときに、たまに訪れて……」

「一人……に……？」

彼の言葉に、わたしは自分でも不思議なほどショックを受けていた。

結婚して二日目で、もう「一人になりたい」と思ったというのか。わたしは寝室に一人きりでいたのに。仕事なら仕方がないと我慢していたのに……。

（やっぱり昼間のことを怒ってらっしゃるのかしら……）

わたしがあんな態度を取ったから、だから一緒にいたくないと思われたのだろうか。

「あ、あの、殿下……」

わたしは悲しさに俯いたまま、声を押し出すようにして言った。

「その、ひ、昼間は申し訳ありませんでした。わたし、あんなに騒いでしまって……」

「……」

しかし、デュミナスからの返事はない。

そろりと顔を上げると、彼はどこか心ここにあらずといった様子だ。落ち着かないというか、きょろきょろしているというか……。

「殿下？」

不思議に思ってわたしが呼ぶと、彼ははっと気づいたように「あ――ああ」と声を零す。

やはりなにかに気を取られている。それとも、わたしがここに来たことが迷惑だったのだろうか。

悲しさが込み上げ、再び俯いてしまうと、

「もう、気になさらないでください」

そんなわたしの肩を包むようにして、彼は言う。

けれどその声も、どこかいつもと違っている。上の空というか……よそよそしい。

わたしはますます悲しさが増すのを感じながらも、せっかく会えたのだから、と持ってきた薬を取り出した。

「それから、これはシャラヤでよく用いられている薬です。昼間、やはり足を痛められたのではないかと思って……」

「ああ…ありがとうございます」

デュミナスは受け取ると、笑みを見せる。

けれどその笑顔もやはりなにか——変だ。

雰囲気？　表情？

なんだろう？

そわそわして上の空なだけでなく、なんだか今までの彼と違う気がする。

それに、考えてみればさっきの話し声はなんだろう。今、彼は一人だ。だったら、さっきの誰かと話しているような声は……？

わたしは改めて彼を見つめる。

よりよく見えるように、蠟燭の光が映えるように身体の角度を変えたとき。うっすらと感じていた違和感の正体に気がついた。

（え……？）

気のせい――だろうか？

デュミナスの瞳の色が、なんとなくいつもと違うように見えるのだ。

どうして……。

思わずじっとデュミナスを見つめていると、

「姫――そろそろお部屋へ戻られた方が」

デュミナスが、一見はわたしを気遣うように、けれど、ひょっとしたらわたしを早く追い払おうとしているのではと思わせる声音で言った。

戸惑うわたしに、彼は続ける。

「途中までお送りしましょう。ここは暗いですから……危険です。今後もあまり来られないほうがいい。そもそも、どうやってここ――」

「ご迷惑、でしたか？」

たまらず、わたしはそう言い返していた。腰に添えられていた彼の手から逃れるように身を翻すと、驚いたような顔をしている彼から数歩分の距離を取って見つめる。

「わたしがここに来て…ご迷惑でしたか。謝らなければと思って…足は大丈夫だろうかと思ってお探しして――」

「いえ――そういう――」

「ではどうしてそんな……まるで追い払おうとするかのようになさるのですか？　先ほどお目にかかったときからそうです。よそよそしくて、なんだかわたしと話をしたくないご様子で――」

「そんなことは――」

言いながら、デュミナスはわたしの腕を摑もうと手を伸ばしてくる。

それから逃れようと、咄嗟に身を捩ったとき。

「あっ……――」

身体が、傍らに置かれていた衝立《ついたて》に触れる。

「あっ！」

衝立が倒れるのと、デュミナスが声を上げたのとは、ほぼ同時だった。

そしてわたしは、次の瞬間、驚きに目を丸くしていた。

細工の美しい、衝立の向こう。思っていたよりも広かった部屋のそこには、もう一人のデュミナスがいたのだ。

着ているものこそ違っているが、顔や背丈はまるで鏡に映しているかのようにそっくりだ。

もう一人のデュミナス。

唖然《あぜん》としていると、男はやれやれというように苦笑する。次いで、ふうっと息をついた。

「こうなっては仕方がありませんね。わたしはもう一人のデュミナス——彼の双子の兄、レイフリートです」

名乗る声も、デュミナスにそっくりだ。けれどどことなく、より柔らかな気もする。

わたしはレイフリートと名乗った男を見つめ、振り返ってデュミナスを見る。

見比べる。

やはりそっくりだ。しかもレイフリートもわたしに対して親しい口調だ。ということは、彼が言っていた「もう一人のデュミナス」として、以前会っていたということだろうか。

いつの間にか彼らと会っていたということ？　いつの間にか二人は入れ替わっていたということ……？

当惑していると、デュミナスもやれやれというように頭を掻く。

見比べてはわたしがさらに動揺していると、

「おかけください。説明しましょう」

レイフリートが言った。

「兄さん——」

すぐさまデュミナスが咎《とが》めるような声を上げたが、レイフリートは首を振った。

「こうなってはすべて話してしまわないわけにはいかないだろう？」

「つ……」

レイフリートの言葉に、デュミナスは顔を顰《しか》める。

だが結局、諦めたように「わかった」と頷くと、わたしの手を取り「座って」とソファに誘ってくれる。

わたしは言われるまま、おずおずと腰を下ろした。驚きすぎて、上手く頭が働かない。二人がわたしの向かいに腰を下ろす。

こうして見ても、本当にそっくりだ。

違うのは瞳の色ぐらいだろう。よく見比べればレイフリートの方がやや華奢にも思えるが、着ているものによってはそれもわからないだろう。

ついじっと見ていると、デュミナスが不愉快そうに眉を寄せる。

慌てて目を逸らすと、レイフリートが笑った。

「そんなに似ていますか」

「は、はい……。でもまさか……まさか殿下が双子だとは……」

まだ困惑したままそう言うと、

「悪かったな」

即座に、デュミナスが不快そうな口調で言う。慌てて「そうではなく」と首を振ろうとす

ると、

「姫は悪いとは言っていないだろう」

デュミナスを窘めるように、レイフリートが言った。

そして「まったく」と苦笑する。

「申し訳ありません。デュミナスは口が悪くて」

「い、いえ」

どうやら、本当のデュミナスは口が悪く、レイフリートの方は穏やかなようだ。

けれど「デュミナス」が双子だったということは、今まで会っていたのはいったいどちらだったのだろう？

初めて会ったとき。結婚式。宴。そして初夜……。

今日の昼間もだ。

それぞれのとき、わたしが会っていたのはいったいどちらだったのだろう。

不安になって、ついつい縋るように見てしまう。すると、レイフリートは苦笑して頭を振った。

「姫が気にしていらっしゃることや訊《き》きたいことはわかりますが、申し訳ありません。その説明はいたしません」

「ど——うして……」

「わたしたちはあくまで二人で一人だからです。そしてこれは絶対の秘密です。今はともかく、公に『デュミナス』であるときには、絶対にどちらなのかを明かすことはありません。誰に対してもです」

それまで優しかったレイフリートの表情が、この瞬間硬くなる。

息を呑むわたしに、レイフリートはふっと表情を緩めて続けた。

「姫を疑っているわけではありません。ですが、念には念を入れたいのです。もしわたしたちが二人だと——双子だと知られれば、どちらかはここにはいられなくなります。死ぬか……そうでなくても国を追われるでしょう」

「そんな——」

そんなに大変なことに？

驚くわたしに、二人は頷く。レイフリートが続ける。

「この国では、双子は忌まれているのです。昔からの因習の名残《なごり》ですが、本来一人の中にあるはずのよい心と悪い心が、二人に分かれて生まれてしまった、と考えられていて……。ですから市井《しせい》の者でも双子が生まれれば人知れず里子に出されます。一人ずつ育てれば、いずれは他のみなと同じようになるだろうと考えられてのことです。そんなことですから、王族にいたっては……」

そこでレイフリートは言葉を切る。里子に出すよりももっと悪いことが想像されて、わたしは血の気が引くのを感じた。

(知らなかった……)

シャラヤでは、双子も普通に育てられている。だからどこの国もそうだと思っていたのに、そうじゃないところがあったなんて。

声も出せなくなったわたしに、レイフリートはさらに続ける。

「わたしたちも本来ならば、どちらか一人だけが生かされるはずでした。ですがどちらを跡継ぎとするかを決めかねているうち、こうなってしまったのです」

「兄さんに比べれば、俺は健康だ。だが賢いのは兄さんだ。だからいっそ二人で一人になればいいと思って数年前から二人でこの国の王子を務めている。このことを知っているのは昔からの乳母や医師、限られた近従だけだ。十人もいない」

「互いの言動を統一したり、見た目を合わせるために髪を染めたり目の色を変える薬を使ったりと少々ややこしいこともありますが、悪いことばかりではないのですよ。問題解決のために二人の知恵を合わせることができますし、逆に、公務の疲れは半分になります」

「今まで一度も周りの人たちにはばれなかったのですか?」

「人間、毎日まったく同じというわけじゃないからな。よく眠れたかどうかや疲れているかどうかで顔つきも態度も変わってくる。体格はほぼ同じだし、そこは服でいくらでも誤魔化せる。実際、姫は気がつかなかっただろう?」

ずに。

「……」

デュミナスの言葉に、わたしは黙るしかなかった。

慣れた口調からは、もうずっとこんな生活をしていることが窺えた。楽ではなかっただろうに、彼らはお互いのためにこうして二人一役をやり続けてきたのだろう。誰にも気づかれずに。

デュミナスが、ゆっくりと脚を組んだ。

「今夜ここにいたのも、二人でこれからの政について話しあっていたからだ。ここはもうずいぶん使われていないからな。なのにまさか姫がやってくるとは思っていなかった」

「ま、迷ってしまったのです。その…大丈夫だと思ったのですが、夜のせいで……」

わたしが言うと、二人は揃って小さく笑う。

直後、デュミナスが微かに身を乗り出して言った。

「ともあれ、こうして話をしたからには姫にも協力してもらう。といっても、そんなに大層なことはしなくていい。すべきことは二つだけ。今ここで聞いたことは誰にもなにも言わないこと、そして今までどおり、『デュミナス』と夫婦でいることだけだ」

「他言はしません。でも……もう一つは……」

「できない？」

「……」

わたしは即答できなかった。

二人のことを他人に話したりはしない。けれどもう一つの方には、首肯《しゅこう》しかねた。

「今までどおり」なんて、無理だ。二人の王子と夫婦として過ごすなんて。

(だっ、だって夜は……)

考えると、顔が真っ赤になる。

そうだ。

わたしは、いったいどっちの王子と初夜の契りを結んだのだろう?

ちらりと二人を見る。けれどわからない。

わたしはぎゅっとドレスを摑むと、身を乗り出した。

「その……そ、その前に、どうしても教えていただけませんか? どちらがいつ…その……」

頰が熱くなる。それでもなんとか、声を押し出す。

「わたし……わ、わたしはお二人の、いったいどちらと……」

「――二人で一人だ」

だが、そんなわたしの心からの質問はデュミナスの一言で退けられた。ぐっと押し黙るしかないわたしを気遣うように、レイフリートが言う。

「気持ちはわからなくもありません。ですが二人で一人です。これまでも――これからも」

「でも――」

「あなたを娶《めと》ることも、二人で話しあって決めたことです。そして二人ともあなたを愛している。わたしたちどちらもあなたを大切に思っているのですよ」

顔を曇らせたわたしを慰めるように、レイフリートは微笑む。

デュミナスも視線に頷きを込めて見つめてくる。

けれどわたしの胸中は混乱したままで、結局「今までどおり」でいるという約束はできないままだった。

◆
◆
◆

それから一週間。

それだけ日が過ぎても、わたしはまだ頭が混乱したままで、二人の王子と「今までどおり」でいることはできないままだった。

レイフリートとデュミナス。

双子の王子である二人は、二人で一人の王子でいることに慣れているようだし納得しているようだけれど、やはりわたしには無理だ。

彼らの事情も理解できたし言い分もわかるとはいえ、彼らの希望をすんなり受け入れることとはできなかった。

城に来てから今日まで、「デュミナス」と何度となく顔を合わせた。話をした。そして結婚して、身体を重ねた。

なのに、それが二人とだったなんて。

思い出すたびに、はーっと長い溜息が漏れる。

わたしが愛を誓ったのはどちらだったのだろう？

彼らは「二人で一人」だと言っていたけれど、わたしにとっては二人はあくまで二人だ。知ってしまった以上、平気でいることなんてできない。

ソファに座ったまま、また長い溜息をつくと、

「姫さま……」

ソフィが、不安そうに声をかけてくる。

わたしの具合が悪いのでは、と心配しているのが半分。そしてもう半分は、この一週間というもの、ほとんど部屋から出ていないこと——つまり公務に就いていないことについて気を揉んでいるのだろう。

しかも今は、部屋の扉の外でデュミナスからの使者が待っている。

病に伏せっていて公務に就けないならともかく、わたしは体調が悪いわけじゃない。ただただデュミナスに会いたくないために、部屋に籠《こ》もりきっている。昼も――夜も。夫婦の寝室にも足を向けずに。

彼に――彼らのどちらかに会えば、否応《いやおう》なく妻として振る舞わなければならなくなる。そしてそう振る舞えば、そのままなし崩しに二人の王子と夫婦として生活していくことを認めるような気がして、逃げ続けている。

わたしはソフィに目を向けると、

「今日もここにいるわ。殿下からの使者には気分が優れないとお伝えして」

「……」

「お願い。その……いろいろあって、とても人前に出られる状態ではないのよ」

「……かしこまりました」

重ねてわたしが言うと、ソフィはまだいくらか不安そうな面持ちを見せたものの「なにかあったのだろう」と察して使者に伝言を伝えてくれる。

といっても――彼女が想像する「なにか」は、せいぜい「デュミナスと喧嘩をした」ぐらいだろう。けれど実際は、もっともっと深刻な問題だ。

――わたしにとっては。

こんなこと、だめだとわかっている。自分の務めを果たさず、ただ部屋でぐずぐずとしているだけなんて。けれどデュミナスとどんな顔をして会えばいいのかわからない。

そもそも、次に会うのがどちらなのかわからないのだ。

またふうっと溜息をついたそのとき。

「姫」

突然、覚えのある声が聞こえ、わたしはソファから飛び上がるほど驚いた。

現れたのはデュミナスだ。

（ソ、ソフィは――）

慌てて見回したが、彼女の姿はない。

狼狽えるわたしの耳に、

「ソフィなら下がらせました」

再びデュミナスの声が届く。

逃げようとしたが、彼の方がドアに近い。逃げられない。仕方なく目を合わせないようにしたが、彼は構わず近づいてくる。

ますます顔を逸らすと、長い溜息をつく音がした。

「姫、こちらを向いてくださいませんか」

「……」

「姫――セシル姫。無理強いはしたくないのです」

声は優しい。今までのように。だから、言うことを聞きたくない。

わたしは彼から離れようとソファから腰を上げる。外を見るふりで窓に向かいデュミナスに背を向けると、苦笑が聞こえた。

「すっかり嫌われてしまったようですね。つい先日まではきらきらした目でわたしを見てくださっていたのに」

「それは――」

思わず振り返ったわたしに、

「なにも変わっていませんよ」

いつしかすぐ側まで来ていたデュミナスが言った。

慌てて逃げようとしたわたしの腕を掴むと、彼は続ける。

「わたしはなにも変わっていません。なのに、そのように避けられると心が痛む」

「……」

「あなたならと思って打ち明けたことでした。にも拘わらず、これほどまでに避けられるとは」

「そ……れは……」

あなたなら――。

そういう言い方をされると、罪悪感を覚えてしまう。

だからといって、「このままで」という彼らの提案に今すぐ頷くこともできない。

わたしは悩んだ末、思っている心のままを口にした。

「で…殿下はお二人で一人の王子になられることをお決めになっていても、わたしにとってはお二人なのです。お二人である以上、わたしは以前のままというわけには……」

「ですが、あなたにわたしたちの見分けはつかない。――違いますか？」

「！」

「であれば問題ないはずです。あなたと会うときは、今までと同じように一人なのですから」

「そんなこと――」

わたしが言い返そうとすると、

「ではわたしがどちらなのか――わかりますか」

静かな声とともに、ひたと見つめられた。

その視線の真剣さに、息を呑んだ。

黙って見つめ返す。見分けようと、わたしも真剣に。

けれど今は目の色も同じで、どれほど見ても彼がどちらなのかまったくわからない。確信を持って答えられない。

黙ってしまうと、デュミナスはふっと微笑んだ。

「わからないのでしょう？　ならばそれでいいのです。わたしはデュミナス。今までのように仲良くしていきましょう。わたしたちは、どちらも姫を大切に思っているのですから」

「あっ――」

そしてそう言われたかと思うと、ぎゅっと抱き締められる。

逃げようと身を捩ったが、逃げきれない。背後から抱き締められ、熱い唇でうなじに口づけられれば、その甘い刺激に身体から力が抜けてしまう。

「つ…ゃ…ぁ…まっ、待ってください――」

「待ちません。どうやらあなたは悩みすぎてしまうようだ。あれこれ考えずに身体に従えばいいのです」

「んんっ――」

囁きとともに首筋に柔らかく歯を立てられ、びくりと身体がわななく。デュミナスが小さく笑った気配があった。

「初夜も翌日も、わたしの愛撫に可愛らしい声を上げていた。あなたは――」

「ぁっ――」

「朝露を含んだ花のようにここを濡らして――」

ドレスの裾をたくし上げられ、背後から抱き締められたまま性器を愛撫され、覚えのある快感に腰が震える。

久しぶりだからなのか、彼に触れられるたび今まで以上に身体がさざめく。

恥ずかしいのに、指が感じる箇所に触れるたび背が跳ねる。膝《ひざ》から崩れそうだ。縋るようにして壁に爪《つめ》を立てると、噛みつくように首筋に口づけられた。

「ア…あァ……ッ」

「あなたの声は本当に可愛らしい。まるで甘い菓子のようだ。口に含むととろけて滴る――」

「んんっ――」

「でなければ極上の果実酒か――心地よい酩酊を誘って――わたしを放さない」

「っふ……っあ、あ、ああっ――」

性器の敏感な部分をなぞられるたび、びくびくと背中が撓る。

彼が指を動かすたび、しとどに濡れたそこは淫猥《いんわい》な音を立て、デュミナスの指を悦《よろこ》んでいることを知らせてくる。それが恥ずかしくてたまらないのに、全身が彼からのいっそうの愛撫を待ちわびて昂《たか》ぶっている。

彼からの――。

「あ……つゃ…ぁ……あ…ア……ッ――」

途端、激しい羞恥が込み上げてきた。

彼がどちらのデュミナスなのかわからないのに、デュミナスなのかレイフリートなのかわからないのに、その愛撫を悦んでいるなんて。

「や……や…殿下……っやめ……っゃ……」

「やめる？　なぜ。こんなに悦んでいるのに」

「あァッ――！」

先刻から弄られ続け、ますます敏感になっている箇所を掠めるようにしてなぞられ、むず痒《がゆ》いような焦らされるようなその刺激に高い声が溢れる。

恥ずかしい。なのに身体はねだるように疼くから、ますます恥ずかしさが募る。

デュミナスに触れられるたび、体奥から熱いものが溢れ、湿った息が零れる。首筋に口づけられるたび、背がわななき、高い声が漏れる。

いやいやをするように頭を振ったけれど、身体がより濃厚な愛撫を望んでいることは誰より自分がよくわかっている。

「ア……っあ、あ、ア……っ――」

膝が崩れ、しゃがみ込みそうになった身体を抱えられる。

舌足らずな甘えるような声が恥ずかしい。自分のそれじゃないようだ。

思わず口もとを押さえた次の瞬間。濡れた性器に、背後から熱いものが押し当てられた。

「！」

脈打つその感触に、息を呑む。

刹那、その灼熱《しゃくねつ》が濡れた肉を分けて挿し入ってきた。

「アー——ぁッ——」

一気に貫かれ、目の奥で白い光が瞬く。以前も感じたあの感覚が——背筋が溶けるような感覚が込み上げる。

撓らせた背中越しに、デュミナスが満足げに笑った気配があった。

「達してしまいましたか？　姫は覚えが早い。感じ上手な可愛らしい方だ」

「ぁ……っ……ア——」

そのまま揺さぶられ、背後から激しく抜き挿しされるとともに感じる部分を巧みに愛撫され、うねるような快感に身も心も一気に持っていかれる。一度達して敏感になっているからだろうか。堪えようとしても堪えられず身体は反応して、彼の愛撫に過剰なほど感じてしまう。

肉のぶつかる音と濡れた音とが恥ずかしくてたまらない。けれどそんな淫らな音にすらますます感じてしまう。

「ア…っ…あ、ア、あア……ッ——」

「姫——」

「ぁ…あ…殿下……っ……」

「姫…おとなしくわたしたちの言うことを聞いてください。今までとなにが変わることもあ

りません。今まで上手くやってきたではないですか」

「ん、んんっ――」

「あなたも、わたし『たち』を愛している――。そうでしょう？」

「そん…んぅん……っ――」

背後から頤を摑まれ、強引に口づけられ、その荒々しさに目眩《めまい》がした。

熱っぽい唇に、吐息に、すぐさま絡んでくる舌に、そのすべてにどうしようもなく胸の中をかき乱される。

最初の夜も、その次の日も今日も。

身体を重ねるたびにますますデュミナスを好きになる。惹《ひ》かれてしまう。このまま彼に溺《おぼ》れて、彼らの言うようにしてもいいと、思ってしまいそうになるほどに。

「や……っ…ぁ…だめ……っ……」

「姫は嘘《うそ》が下手な方だ。そんなところも――たまらなく可愛らしい」

「つ…ぁ……っぁ…ん……ぁ……っ」

「愛しています――姫。変わらず愛していますよ」

「ア…あ、ぁ…ア…もぅ……っ――」

囁きとともに再び込み上げてきた甘いうねりに、わたしは堪えられず頭を振った。

熱く大きなものを繰り返し穿たれ、性器の敏感な部分を刺激され、頭の芯まで痺れていく。

きつく抱き締められ、一際深いところまで穿たれたその瞬間。

わたしは高い声を上げて達し、あとはなにもわからなくなった。

◆

翌日から、わたしは公務に戻った。

デュミナスの言うことを受け入れたわけじゃない。けれど結婚して彼の妃となった以上、やるべき仕事をしないままというわけにはいかないと思ったためだ。

このままでは、事情を知らない周囲からは「シャラヤから嫁いできた姫はだめだ」と思われかねないだろう。わたしのせいで、父母を侮辱されたくなかった。

唯一の心配事は、デュミナスとともにいるときのことだった。なにしろまだ気持ちの整理がついていないのだから、それまでどおり接することができるかどうかわからない。

けれどそんなわたしの様子から無理強いはしない方がいいと判断したのか、彼と一緒の公務は今のところ予定に入っていなかった。おそらく、デュミナスがそう指示したのだろう。

そしてわたしは公務に戻るとともに、デュミナスとこの国のことについて調べ始めた。

もちろん、王子の妃になるに当たり、最低限のことは学んだつもりだが、もっと知っておくべきだと思ったのだ。双子のことだって、彼らから話を聞くまでは知らなかった。それに、なにかしている方が気が紛れる。

そう思い、書庫から持ってこさせた書物をソファで読んでいると、

「セシルさま、そろそろ寒くなって参りましたが、窓を閉めてよろしいですか？」

この城に来てから身の回りのことをしてくれている侍女——この国のこの城付きの侍女の一人であるエマが、窓辺から振り返って尋ねてくる。

わたしは、「ええ、お願い」と頷いた。

いつも元気にしゃきしゃきと仕事をしてくれるエマは、性格も快活でシャラヤから連れてきた侍女たちともすぐに打ち解けた。親子二代でこの城に仕えていることもあり、内輪での暗黙の了解や侍女たちの人間関係についても詳しい、頼りになる存在だ。

「——エマ」

わたしはふと思い立つと、そんな彼女にデュミナスのことを尋ねようと、本を閉じて声をかけた。

「少し、話をしたいのだけど」

「わ、わたくしとですか？」

「ええ」

わたしは頷く。だがエマは戸惑った顔だ。

「え…ええと……それは……」

「お願い」

「でも――」

「このあとの仕事のことは心配しないで。他の侍女たちにはわたしから事情を話すわ。それに、話といっても畏《かしこ》まったものじゃないから、そんなに硬くならないで」

「で――でも、無理です。わたしのような者が姫さまと話なんて……」

「大げさなことではないわ。この城のこととデュミナスのことについて、もう少し知りたいだけなの」

「お城のことは、なんでも申し上げます。でも殿下のことは……」

エマは口籠もる。

城に仕えている身で、敬愛している王子についてぺらぺらと話せない、という顔だ。

わたしはそんなエマを好ましく思いながら「心配しないで」と頷いた。

「無理になにかを聞き出そうというわけではないのよ。ただ、わたしは殿下と知りあってまだ日が浅いから、あなたたちの方が詳しいこともあるでしょう？　それを知りたいだけ。あなたたちから見た人となりを知りたいだけよ。結婚したときも思ったのだけれど、やっぱりみんなに好かれているのかしら」

「はい！　それはもちろん！」

即答だ。

ぱっと表情を明るくした彼女の変わりようについ苦笑すると、エマも自分の勢いのよさに照れるように笑う。

しかし直後、そんな照れも越えたうっとりした口調で続ける。

「わたしがここで働くようになったのは五年ほど前からですが、殿下はそのころからもう素晴らしい方でした」

「そう……」

「はい。堂々としていらして、でも偉ぶったところがなくて……。お父上の代理としてのお仕事も、それは見事にこなされていると聞きます。それでいて、わたしのような者にも何度も声をかけてくださいました。本当にお優しい方なのだと思います。それに、周囲の国との交渉も巧みだと聞きますし……政に真面目《まじめ》でとても賢い方なのだと思います。それに、勇敢です。一度隣国と大きな諍いになりかけたときなど、御自《おんみずか》ら戦場にお出になって瞬く間に敵を打ち払ったとか。お優しいのに勇ましくて、このような方が王子で本当によかったと思っています」

「……」

「姫さまは、そうは思われませんか?」

わたしの相づちが物足りなかったのだろうか。

エマは前のめりになって尋ねてくる。わたしは慌てて頭を振った。

「う、ううん。わたしも素晴しいお方だと思うわ。いろいろと気遣ってくださるし……」

そう。気にかけてくれている。わたしが花嫁となってからも、そして彼の秘密を知ってからもだ。彼の——彼らの秘密を知って、でもそれを受け入れることはできなくて。顔を合わせることもできず部屋に閉じこもっていた間も、彼は一言もわたしを責めなかった。それどころか、今日になって聞いた話では、わたしが公務に出ないことを庇《かば》ってくれていたらしい。

「素晴しい…方だわ……」

噛み締めるように呟くと、

「はい！」

と、エマは満面の笑顔で頷く。

わたしはどんな顔をすればいいのかわからなかった。

素晴しい人。素晴しい王子。

それは事実だ。誰よりよく知っている。

あの日までは——あの話を聞くまでは。二人のデュミナスを見るまでは、わたしもそう思っていた。なにも疑わずに、幸せな結婚をしたのだと思っていた。自分は幸せ者なのだ、と。

(でも……今は……)

そんな気持ちを「誰」に抱いていたのかわからない。

いつの彼がデュミナスで、いつの彼がレイフリートだったのだろう？

二人とも、わたしを愛してくれていると言っていた。

それは多分――きっと嘘じゃない。出会ってまだ一月《ひとつき》も経《た》たないけれど、彼に大事にされていることは折に触れて感じられる。いつでもだ。

けれど……。

わたしはエマを下がらせると、ややあって、再び本を開く。

今日はもう公務はない。

これからのことについて、少しゆっくり考えたいと思いながら頁《ページ》を捲っていると、ドアを叩《たた》く軽い音がする。

現れたのは、デュミナスだった。

「殿下……」

今は公務中ではなかったか。

迎え入れつつも二人きりになることに緊張を感じていると、それを察したデュミナスが苦笑した。

「相変わらず警戒なさっているようだ。大丈夫です。なにもいたしません。ただ少しお時間をいただきたい」

「あなたは…どちらなのですか」

「……」

「どちらかおっしゃってください」

わたしが言うと、デュミナスは苦笑を深め、小さく肩を竦めて見せた。

「本当に頑《かたく》なだ」

「！」

そして不意に、わたしの腕を掴む。

「殿下!?」

思わず身を硬くしたわたしに、デュミナスは苦笑したま首を振った。

「落ち着いて。外へ行きましょう。あなたがわたしと二人になることを望んでいないことは知っていますが、それを周囲に知られるのはあまりよいことではありません」

「……」

「なにしろ、まだ新婚も新婚の時期だ。少しは仲睦《なかむつ》まじいところを見せておかなければ、周りは不審に思うでしょう。それはいいことではありません」

言うと、デュミナスはわたしの腕を取ったまま部屋を出てずんずん歩いていく。

途端、周囲から視線が向けられるのがわかった。

この国の誇るべき王子が、迎えた花嫁とどう生活しているのか。「眠らせ姫」の噂はあくまで噂なのか本当なのか。二人の仲は——？

そんな、好奇心混じりの視線がちらちらと送られてくる。

デュミナスが「ほらね」というように笑った。

そしてそのまま庭へ出ると、彼は腕を離してくれる。直後、ふっと真顔になって言った。

「それに、極力怪しまれるようなことは避けたいのです。よけいな詮索《せんさく》を招くようなことはしたくありません。姫の希望を聞いて、わたしと一緒の公務はないようにしています。であれば、私的な時間ほど一緒にいなければ。まさか結婚後一月も経たないうちに不仲の噂など立てたくはないでしょう？　わたしもそんな噂で、いたずらに姫のお父上やお母上を心配させたくはありません」

デュミナスの言い分に、わたしは仕方なく彼の腕に腕を絡める。彼は微笑むと、ことさら人の多いところを通り始めた。

端《はた》から見れば、新婚夫婦が仲良く昼下がりの散歩をしているという状況だろう。心の中までは見えやしない。

未だ釈然としないまま、けれど王子の妃として振る舞わなければならない自分の立場に困惑しつつ、デュミナスに連れられるまま歩いていると、

「座りましょうか」

いつしか、小さな池の畔《ほとり》に辿り着いていた。よく見れば、澄んだ水が微かな音を立てて湧いている。池ではなく、泉なのだ。

「綺麗……」

思わず声を上げると、

「気に入っていただけましたか」

デュミナスが言う。

わたしが芝の上に座ると、彼もその傍らに腰を下ろしてきた。

「ここは、城の中でもわたしが一番好きな場所です。美しい上に、滅多に人は来ない」

「人が来ない……」

「ええ。ですから機会があればここに足を向けていました。なんだか落ち着いて」

しみじみとした声は、この言葉が彼の心からのそれだということを伝えてくる。

わたしはデュミナスの横顔をそっと窺った。

けれど、やはり彼がどちらなのかわからない。

もどかしさに胸がもやもやするのを感じ、唇を嚙んだとき。

「あなたをここへ連れてきた理由は二つです」

デュミナスが口を開いた。

彼はわたしを見つめ返すと、微笑んで言う。

「まず一つは、大切な姫にわたしの好きなところを見せたかったこと。そしてもう一つは、人気のないところで話をするためです」

「あ、あのお話ならわたしは――」

「そう――。あなたは相変わらず頑なでいらっしゃる。ですから、二人で話しあってここへ来たのです。このままではいけない――と」

「！」

静かだが迫力のある声と「二人で話しあって」という言葉にはっとする。デュミナスの目は真剣だ。

わたしはごくりと息を呑むと、彼を見つめたまま言った。

「わ――わたしもこのままではいけないと思っています。でも…でも、だからといって二人の方に嫁ぐような……そんな…そんなことは……」

「どうしてもお嫌ですか。わたしたちは二人ともあなたを大切に思っているというのに」

「それは…そのお気持ちはありがたいと思っています。でもわたしにはできません。二人の方を夫にするような、そんな…ふ、ふしだらなことは……」

最後は赤面しながら言うと、デュミナスは一瞬目を丸くする。直後、微苦笑を見せた。

「ふしだら――。なるほど。姫は思っていた以上に頑なな上、純情でいらっしゃる。ますます魅力的だ。とはいえ、この場合あなたの気持ちよりも、まずは妃としての務めを果たしていただかなければ」

「どちらかお一人と…ではだめなのですか？」

「わたしたちのどちらかに死ねと？」

「そんな――」

わたしは驚いて頭を振る。だがデュミナスは悲しげに微笑んで言った。

「姫にそのつもりはないとしても、そういうことです。存在理由を失えば、ここにはいられなくなる。不吉な双子の王子の片割れとして死ぬか――死なぬまでも国にはいられなくなるか……。以前もお話ししたとおりです」

「なにか――方法はないのですか？　シャラヤでは双子であっても他の子供と変わらずに育てられていました。それに、わたしも殿下からお話を伺ってから、いろいろと調べてみました。双子が忌み嫌われているのは、昔からの迷信のせいではないですか。人々の考えが変わればそんなこともなくなるはずです」

「確かに。ですが、古くからの習わしを信じてきた人たちが、そう簡単に考えを変えるでしょうか？」

「……」

淡々とした口調で言うデュミナスに、わたしはなにも言えなくなってしまった。

わたしが考えていることなど、きっともう彼らも考えたことなのだろう。

二人でデュミナス王子となっているデュミナスとレイフリート。

そのことに戸惑い、驚いたけれど、それは同時に、二人とも生きてこられたということでもあるのだ。双子だからと一方が殺されることもなく、追放されることもなく――。

二人が共に生きていくための手段としてこの方法を選んだなら、そのことは責められない。

とはいえ……。

どうすればいいのかわからなくなり、わたしは顔が上げられなくなった。

彼らの希望どおり、なにも知らなかったころのようにデュミナスを愛せばいいのだろうこ
とはわかっている。二人で一人だということは忘れ、ただそこにいる「デュミナス」だけを
愛し、夫婦でいれば。

けれどどうしても心がそれを受け入れられないのだ。どちらだかわからない相手なのに
「愛している」なんて、それは本当に「愛している」ということになるのだろうか……?

俯いたまま唇を噛み締めていると、

「姫──」

優しい、デュミナスの声がした。

何度も聞いた、優しく温かな声。最初に会ったときから好きだと感じたあの声が。

おずおずと顔を上げると、デュミナスは端整な貌に苦笑を浮かべていた。そのまま、静か
にわたしの目尻に口づけてくる。困ったような表情で。

「泣かないでください。そんなに思い詰めずに。あなたのそんな顔を見るのは──辛い」

「……っ……」

なにか言わなければと思うのに、胸がいっぱいで言葉にできずにいると、デュミナスは微

笑んでわたしの髪を撫でてきた。

困惑に強張ったままのわたしの心まで溶かそうとするかのように何度となく優しく髪を撫でてくると、やがて、穏やかなまなざしでわたしを見つめたまま、静かに言った。

「では——姫が決めてください」

その声は落ち着いていて、だからこそ胸に迫った。

瞠目《どうもく》したわたしに、デュミナスは笑みを深めて続ける。

「二人のうちのどちらを夫とするのか……姫が決めてください。わたしたちはそれに従います」

「そ……」

それは、わたしの言葉で、わたしの選択で二人のうちのどちらかが犠牲になるということか。

「そんな——」

わたしは頭を振る。しかしデュミナスもゆっくりと首を振ると、「それしか方法がありません」と目を細める。微笑むように、諦めるように。

そしてそっとわたしの手を握ると、穏やかに続ける。

「二人を受け入れられないなら、どちらかを夫と決めてください。あなたがより望む方を——あなたがより愛している方を」

「っ…で、できません……！」

わたしは夢中で首を振る。だがデュミナスは「やっていただかなくては困ります」とゆっくり頭を振ると、わたしの手をぎゅっと握る。

「辛い役目をお願いしていることは承知しています。ですがわたしたちはお互いを切り捨てることはできません。ならばいっそ、あなたにはっきりと決めていただきたいのです。それに、可能な限りあなたの希望に添いたい。こんなことに巻き込んでしまった以上、あなたにはわたしたち二人のうちで、より好きな方と添い遂げていただきたい。わたしたちも、いつかこの日が来ることは覚悟していました。来なければいいと思っていましたが、いつかこの方法が——二人で一人の王子となる方法をやめるときが来るとしたら、それはどちらかが死ぬときか『どちらか一人でなければならないとき』だろうと話していました。きっと今がそのときなのでしょう」

「で、でも——」

「心配しないでください。姫がどちらを選んでも恨んだりはいたしません」

わざとのように明るく、デュミナスは言う。それが辛くて頭を振ると、握られた手に力が込められる。

間近から瞳を覗き込まれた。

「正直に申し上げれば、わたしを選んでいただきたい。あんな酷《ひど》い噂にも負けず明るく、優しいあなたは、わたしにとって眩しいほどの存在です。得難い方だと――本当にそう思っておりますよ」

そしてデュミナスは、にっこりと微笑む。

普段なら嬉しくてたまらない褒め言葉だっただろう。けれど今のわたしには、そんな言葉も辛いばかりだ。

それよりも、さっきの言葉を取り消して欲しい。どちらかを選ぶなんて、そんなこと無理だ。

けれど、どれほどわたしが頭を振っても、彼は訂正することも取り消すこともしない。

わたしは胸が軋《きし》む思いでデュミナスを見つめた。

「殿下の…殿下の先ほどのお言葉は…わたしがどちらかを決めるというお考えは、お二人のお考えなのですか？」

「もちろんです」

即答され、わたしはがくりと項垂《うなだ》れた。そうだろうと思っていたが、やはり二人で決めてのことだったのだ。だとしたら、決心は固いということだ。

溜息が出る。

そのとき、わたしはふと思い立ち、デュミナスを見つめて尋ねた。

「ところで……わたしは殿下とは…その……つまり『あなた』とは、今までもお会いしていますか?」

城で一番好きだという場所にわたしを連れてきてくれて、話しづらいことを話してくれて、正直に「わたしを選んで欲しい」と口にした「デュミナス王子」。

彼がデュミナスなのかレイフリートなのかはわからないけれど、そんな彼と、わたしは今までも会っていただろうか?

固唾《かたず》を呑んで答えを待っていると、

「困りましたね」

デュミナスは苦笑した。

「以前も申し上げましたが、いつのわたしが二人のうちのどちらなのかは、絶対に口外しないように決めているのです。一度教えてしまえば、そのときの印象からどちらかを特定されてしまいかねない。ちょっとした口調の違いや仕草の違い——。それらは気にし始めれば気になるものです」

「お会いしたことがあるかどうか……それだけで構いません。いつお会いしたのかまでは……そこまで答えていただくことは求めていません。それでも教えていただけませんか?」

重ねて尋ねると、デュミナスは再び苦笑する。

ややあってわたしを見つめ返し、

「ええ」

と頷いた。

「いつなのかは申し上げられませんが。姫とは何度かお会いしていますよ」

デュミナスの言葉に、わたしはどこかほっとしながら頷く。

ほうっと息をつくと、そんなわたしの顔を見つめていたデュミナスが、やがてすらりと立ち上がる。

さっと手が差し出された。

「そろそろ帰りましょう。できることならこのまま攫ってしまいたいところですが……野蛮だと嫌われたくはありません」

笑いながら言うデュミナスに、

「嫌ったりはいたしません」

わたしが言うと、彼はますます幸せそうに微笑む。

その笑顔は、わたしの愛している「デュミナス」の笑顔に違いなかった。

◆
◆
◆

『どちらかを夫と決めてください』

衝撃的なデュミナスの言葉から、約半月。

あの日からというもの、わたしは彼に対して「あなたはどちらなのですか」と尋ねることに躊躇いを感じるようになってしまった。

それまでは、答えてもらえないとわかっていても知りたいと思っていた。

今わたしが会っているのはどちらなのか、それを知りたかった。どちらがどちらなのかわからないことに耐えられなくて。

けれど今は、そうできなくなってしまった。

むしろわからないままでいたかった。

だってわかってしまえば――二人の区別がつくようになってしまえば、それはいずれどちらかを選ぶきっかけになってしまうだろう。知らず知らずのうちに二人を比べてしまうだろう。

そしてどちらかを選んで——もう一人を遠ざけてしまうのだ。

わたしはデュミナスと並んで公文書や手紙にサインをしながら、顔を曇らせずにいられなかった。

あの日以降、わたしの公務の予定にはデュミナスと一緒のものも加わるようになった。

一緒にいる時間を増やすから、どちらを選ぶか決めてくれということなのだろう。

逃げたくなるほどの重圧感だ。なにしろ、わたしが選ばなかった一人は、この国を出ていくようなのだから。

わたしの判断一つで。わたしの言葉一つで。

それまで一国の王子として振る舞っていた人が。

「いったい……どうすれば……」

仕事を終えて昼食を摂ると、わたしはソフィとともに庭を散策しながら大きく溜息をつく。

するとすぐさま、「どうかなさいましたか」とソフィが尋ねてきた。

「ここ数日は浮かない顔をなさっていることが多いようですが、なにかございましたか」

「あ……ううん。大丈夫よ」

「そうですか？　その……よけいなことだとは承知いたしておりますが、殿下との仲は……」

「！」

そんなつもりはないのだろうが、今まさに悩んでいることを口にされ、ドキリとした。

つい足を止めてしまうと、「い、いえ。いいのです」とソフィは慌てたように言った。

「出すぎたことを申しました。ただその…なんとももどかしいように見受けられましたので」

「もどかしい？」

「ええ——ええ。端から見ていただけではわからないこともあるのでしょうが、決して仲は悪くないご様子なのになんともこう……距離を感じてしまうというか。それともなにかご心配が？」

「う、ぅうん。そんなことはないわ。王子は…素敵な方よ」

わたしは言ったが、ソフィが信じてくれたかどうかはわからない。

考えてみれば、わたしが純粋にデュミナスを好ましいと思っていたのは、彼が二人だと知るまでだった。知ってからは、今目の前にいるデュミナスはどちらなのだろうと気にしてばかりだったり、二人を夫にできないからと同じベッドで眠らなくなったり、顔を合わせられないと避けてばかりだった。

そして見かねたデュミナスに「どちらか選ぶように」と言われてからは、今度は選ばずに済むような方法ばかり考えている。なのにデュミナスはといえば、早く決めろと言わんばかりに一緒にいる時間を増やそうとする。

夜も、別々に眠ることは許されなくなった。

どちらなのかわからないデュミナスと、夜ごと身体を重ねている。

それがどちらなのかわからないまま、ただ情熱的な彼の熱にされるままだ。

そんな自分に嫌悪感を感じて、だから早く選ばなければと思うのに……選べない。

「……ねえ、ソフィ」

悩み続けていることに耐えられず、わたしは、そろそろとソフィに切り出した。

昨日エマにも尋ねたことを、彼女にも聞いてみようと思ったのだ（エマに先に尋ねたのは内緒だ。エマに先に尋ねたのは、わたしと歳の近い彼女の答えの方を先に聞いてみたいと思ったからだ）。

東屋《あずまや》の小さなベンチに腰を下ろすと、わたしは続ける。

「たとえば…たとえばの話だけれど、二つのうち一つを選ばなければならないとき。あなたはどうやって選ぶかしらと思って」

「二つのうちの一つ――でございますか？　それは食べ物かなにかですか？　それとドレスや靴や――」

「ううん。人…なの」

「人」

「そう。どちらの人か選ばなければならないときなんだけど」

「……」

わたしの言葉に、ソフィは難しい顔をしてみせる。直後、はっと息を呑むと狼狽えたようにわたしの手を取った。

「わ、わたしはいつまでも姫さまのお側に……！」

「え……」

「若く新しい気の利く侍女もいいかもしれませんが、昔から姫さまのことを思っているのはわたくしでございます。誰より姫さまの幸せを願っているのは——」

「ちょっ、ちょっと待ってソフィ」

慌てて、わたしはソフィの言葉を止めた。

彼女の手を握り返すと、微笑んで首を振る。

「あなたと誰かを比べて、どちらかを選ぼうとしているわけではないわ。落ち着いて」

そして宥めるように言うと、ソフィはじっとわたしを見つめ、やがて、真っ赤になりながら「申し訳ございません」と謝ってきた。

「つ、ついつい狼狽えてしまって……」

「あなたはわたしにとって大切な人よ。かけがえのない人だわ。あなたを辞めさせることなんてあり得ないわ」

「……姫さま……」

わたしが言うと、ソフィは涙声で言う。ほどなく、涙を拭って恥ずかしげに笑うと、

「申し訳ございません」

ともう一度謝ってきた。

次いで「人ですか……」と、今度はさっきよりも遙《はる》かに冷静な声で考えるように言う。

エマの意見は、わたしと歳が近い分参考になるだろう思う。そしてソフィの意見は、長く生きてきた経験の分、参考になるだろうと思う。

やがて、彼女はゆっくりと話し始めた。

「人を選ぶことは、ものを選ぶことよりもずっとずっと難しいかと思われます。あるときは長所に思えたものが、あるときは短所に思えたり、一緒にいて楽しい相手がいいかと思えば、自分に対して厳しい意見を言ってくれる相手の方がいいと思えたり」

「……」

「似たものの中から一つを選ぶときはもっと困ります。どれもよく見えて選べなかったり」

「……」

わたしは頷く。

すると、そんなわたしにソフィは微笑んで言った。

「ですから、そのようなときはもう考えないようにいたしております」

「え……」

目を瞬《まばた》かせるわたしに、ソフィは目を細めて言う。

「考えて考えて、悩んで悩んで悩んで……それでも悩むときは、きっとどちらを選んでもさほど変わりはないと思うのです。違いはあれど、どちらも自分にとって必要なものなのだろう、と。だから悩むのだろうと思うのです。ですから、わたしなぞはもう考えないようにしております。実は、一番最初に目についた方、一番最初に出会った人の方――そんなふうに決めております。わたくしと姫さまとのご縁も、そうした形でございました」

「ええっ？」

初耳だ。

目を瞬かせるわたしに、ソフィは笑いながら言った。

「といっても、わたくしが姫さまに選んでいただいたのですがね」

思い出すような顔で、ソフィは続ける。

「姫さまの乳母となるために、わたし以外にも何名かの者が呼ばれておりました。そのとき、姫さまはわたしの顔を見てお笑いになった。数人と対面しながら、最初に笑ったのはわたしと目が合ったときだったのです。そこで、わたしが乳母となりました」

しみじみと言うと、ソフィは丸い顔をさらに丸くして笑う。

ですから、とソフィは続けた。

「わたしはそういたしております。姫さまのご参考になれば幸いですが……」

思いがけない話に感激しつつ、わたしは静かに頷いた。

その後も、わたしはどちらかを選ばなければという思いのまま、城での日を過ごしていた。

それは楽ではなかったけれど、そうすることで二人の王子についてより詳しく知ることができたのはいいことだったのかもしれない。

◆

とある夜。

その日もわたしを情熱的に抱いたのち、デュミナスはまだ汗の浮いた身体をベッドに横たえ、わたしを腕に抱いて言った。

「この生活は、もう十年近くなります」——と。

あなたたちのことをもっと知りたい。話せることだけでいいから、とわたしが頼むと、彼はぽつりぽつりと話してくれたのだ。

それによれば、当初は身体の弱いレイフリートの方が殺されてしまう予定だったらしい。

「生まれて数日で殺されるところだったようです。けれど母がそれに抵抗して殺したことにして隠していたのです。しばらくは城の奥深いところで暮らしていました。姫が最初にわたしたちに出会ったあの場所よりももっと暗く——寒いところで」

わたしはその言葉に、初めて「彼ら」と出会ったところのことを思い出していた。

城の中にありながら、そうとは思えない寂れた場所。暗く重たい空気に満ちた場所のことを。

(あの場所よりももっと暗い場所……)

想像して思わず顔を曇らせると、デュミナスは苦笑してわたしの髪を撫でた。

「そんな顔をしないでください。とりあえずは殺されずに済んだのですから」

「でも――」

「そう。でも――暮らしは楽ではありませんでした。なにしろ見つかれば自分が殺されるばかりか母まで咎を受けるのですから。それだけじゃない。きっと関わった医師や母の侍女まで罰を受けるでしょう。だからずっとずっと、息を潜《ひそ》めるように暮らしていました。幸いにして、身体は徐々に健康を取り戻し、侍女たちのおかげで食べるものや着るものに不自由もありませんでした。けれど…外に出る機会はほとんどなかった。出ても、ほんの数分。庭を駆け回ることも馬に乗ることも、父と狩りに行くことも……なにもできなかった」

「……」

「唯一できていたことは、学ぶことでした。本を読むのも好きでした。隠れ暮らしていたころは、本を読んでばかりで……それが変わったのは……あの場所にたまたま――本当にたまたまデュミナスがやってきたときからです」

当時を思い出すような顔で、「デュミナス」は言う。けれどこの思い出話をしているのがどちらなのかはわからない。

こんな辛い経験をしながら、今はデュミナスとして振る舞っているレイフリートのほうなのか、それともそんなレイフリートから話を聞き、彼の体験をその身に受けたかのように感じているデュミナスなのか。

わたしは、息を詰めて彼の話を聞くことしかできない。

デュミナスの声は続く。

「初めてレイフリートに出会ったとき、デュミナスは驚きました。まさかこんなところに自分と同じ顔の少年がいるとは思っていなかったからです。双子の兄は死んでしまったと聞かされていました。身体が弱く子どものころに死んでしまった。だからお前はその分もしっかりと父の跡を継ぐのだと――そう言われ続けて育てられていたから」

「……」

「そしてレイフリートもまた驚いた。まさかここに人がやってくるとは思っていなかったからです。それも――自分の弟が。自分と同じ顔で、同じ声で、いささか自分の方が痩《や》せていたものの背の高さもほとんど変わらないデュミナスが。自分の持っていないものをすべて持っている弟……。レイフリートはデュミナスを羨《うらや》むとともに、この状況に怯《おび》えました。デュミナスが父親にこのことを話せばどうなるか――。けれどデュミナスは、話さなかった」

静かな寝室に、静かなデュミナスの声が続く。

「それどころか、彼はレイフリートのために涙を流したのです。涙を流し、レイフリート以上に父に対して怒りを露わにした。父や、自らの兄を亡き者にしようとしたこの国の風習に対して。そして一つの提案を持ちかけてきました。二人で一人の王子にならないか——と」

「！　ではこれはデュミナス殿下が……」

「そうです。そしてこの提案は互いに利点がありました。デュミナスは当時から勇敢で武勇の誉《ほま》れ高く、判断力や決断力に優れた王子だと評されていたが、一方でやや思慮深さに欠けると言われていました。賢く慎重で知識豊富なレイフリートと協力すれば、その欠点が補える。そしてレイフリートはといえば——。王子となれば外に出ることができる。外に出て、今まで得られなかったものを——失ったものを半分だけでも得ることができる、取り戻すことができる……。答えは決まっていました」

声が熱を帯びる。

「それからというもの、わたしたちは二人で一人となりました。意識して互いに似せました。髪色や瞳の色を同じにすることはもちろん、話し方や癖、歩き方……。そして境遇も互いに話しあい摺《す》りあわせた。今やどちらがどちらの生活をしてきたのかわからないほどです」

姫もまだわからないでしょう？

からかうように尋ねられ、わたしは仕方なく頷く。デュミナスが笑った。

「そう残念そうな顔をしないでください。誰にも見分けられたことはないのですから。数年一緒にいる近臣たちにも気づかれていないのです。まだ会ってわずかの姫に見分けられなくても当然です」

そして微笑んだまま、わたしに口づけてくる。

触れるだけの優しいキス。唇が離れると、

「これがわたしたちの話です」

デュミナスは呟くように言う。

その瞳は怖いほどに穏やかだ。

わたしは「わかりました」と頷く。ありがとうございましたとお礼を言うと、改めて尋ねた。

「ではどうして、わたしと結婚しようと思ったのですか？　あんな噂のあったわたしを、わざわざ娶った理由は……」

すると、デュミナスは微笑んで言った。

「噂は恐れていませんでした。そもそも信じていなかった。迷信を嫌っていたわたしたちなのですから。そしてもし――もしなにかあったとしても、死ぬのは一人です」

「！」

その言葉に、びくりと身体が慄《おのの》く。

見つめると、デュミナスは淡く微笑んだ。

「仮になにかあったとして、一人が死んだとしても一人は残ります。なにも変わりません。最初に戻るだけです。ならば——なにも怖くはありません」

「……」

震えるわたしを抱きしめ、デュミナスは口づけてくる。再びわたしを組み敷くと、デュミナスは言った。

「だから姫も、そう悩むことはないのです。二人を受け入れられないなら、一人を選べばいい。姫の思うままに——選べばいいのです」

そして囁くように言われたかと思うと深く口づけられ、身体の奥にまた火が点《とも》る。

頭の中では、彼の言葉が巡り続けていた。

◆

『一人死んでも一人は残る』——。

あの日、デュミナスから聞かされた言葉は、わたしの頭の中に、そして胸の中に重たく残ったままだった。

公務中は辛うじて顔や態度に出さないようにしているものの、悩みはいっそう深くなっている。

そのせいか、最近は一人になりたい思いがつのり、城の中だから大丈夫だろうと、時間があれば一人で庭を歩き回っている。

森や水辺を歩くと、少し気持ちが落ち着く気がするのだ。

今日もまた当てなく歩きながら、はあっと大きく溜息をついたときだった。

どこからか、人の話し声が聞こえてきた。なんだか賑《にぎ》やかな――大きな声だ。

気になって足を向けると、そこには数人の大柄な、屈強な男たちがいた。兵士たちだろうか？

だが訓練中というわけではないようだ。そしてよくよく見れば、彼らの中心にはデュミナスの姿があった。

手には、地図のようななにかだ。

仕事中だろうか？

邪魔をしては……とわたしはその場から立ち去ろうとする。しかしその寸前、

「姫」

デュミナスの声がした。

――見つかった。

振り返ると、デュミナスが手を上げて近づいてくる。そこにいた男たちが一斉に頭を下げ膝をつく。慌てていると、わたしの代わりにデュミナスが「構わぬ」と彼らを立たせ「続け

ろ」と指示した。

その声に、男たちは一斉に動きはじめる。辺りの計測をしているようだ。

不思議に思っているわたしに、デュミナスが苦笑しながら近づいてきた。

「どうしたのです、姫。こんなところまで」

「い、いえ。散歩をしていたら……ここに……」

わたしが言うと、

「姫は迷子になりやすいのですから、気をつけなければ」

悪戯っぽく笑いながら、デュミナスが言う。

過日のことを思い出し、わたしが頬を染めると、デュミナスは声を上げて笑う。

そして「ずいぶん歩いたのですね。いつもこんなに？」と改めて尋ねてくるデュミナスに、
わたしはまだ頬を染めたまま頷いた。

「ひ、日によります。ところで、なにをなさっていたか訊いてもよろしいですか」

次いで尋ねると、デュミナスは「もちろん」と頷く。大きく腕を広げてみせた。

「城の改築計画について話しあっていたのです。この辺りは少し古くなっていますので向こうの厩舎《きゅうしゃ》とともに、少々大がかりな改築をする時期なのでは、と」

「そうだったのですね。ではこの向こうには厩舎が？」

「ええ。行ってみますか？　この時間なら馬たちも厩舎の中にいるでしょう」

「は——はい」

わたしは不思議なほど自然に、デュミナスの言葉に頷いていた。

なぜだかわからないけれど、そうするのが当然のように思えたのだ。

彼のあとについていくと、やや古めいているものの、綺麗に掃除された厩舎に着いた。

馬の匂いと鳴き声がする。さらについていくと、馬を洗っていた小柄な初老の男が慌てて頭を下げた。

「で、殿下！　妃殿下も――」

「ああ、構わぬ。そのまま馬を。姫に厩舎を案内したいと思っただけだ」

「は、はい。ではちょうどよろしゅうございました。さきほどシャルが戻ってまいりました」

「シャルが？　怪我はもう大丈夫なのか」

「はい。すっかり元気になっております」

男はにこにこと言う。デュミナスも嬉しそうだ。

その笑顔を見ていると、わたしまで嬉しくなる気がする。

「行こう」

デュミナスの声に促され厩舎の中に入ると、そこは左右に五つずつ馬房があった。

順に覗いてみると、そこには栗毛《くりげ》の、鹿毛《かげ》の、芦毛《あしげ》の、それは見事な馬たちがいた。

みなつやつやとした綺麗な毛づやだ。よく手入れされている。

わたしは故郷のことを思い出していた。山間の国だったせいもあって、わたしも子どものころからよく馬に乗っていた。それが一番早く簡単な移動方法だったからだ。

幼馴染を亡くす悲しい事故もあったけれど、やはり馬は好きだと思うし可愛らしいと思う。

いつしか夢中になって馬を眺めていると、

「――姫」

デュミナスの声がする。

見れば、彼は今まさに馬房から一頭の馬を連れ出すところだった。

その馬は、今まで見た馬に比べればとても小さい。半分ほどもないかもしれない。大きな犬……狼《おおかみ》……それぐらいの大きさだ。

その可愛らしさに、わたしは思わず駆け寄っていた。

「ど、どうしたのですか？　この小さな子は子馬ですか？」

「ああ、子馬だ。だが大きくなってもこれより少し大きくなる程度だ。そういう種でな」

デュミナスは詳しく説明してくれるが、わたしは目の前の子馬の可愛らしさに夢中だった。

頭を、鼻を撫でてやると、馬は気持ちよさそうに目を閉じる。

「可愛い……」

思わず呟くと、デュミナスも嬉しそうに微笑む。

その笑顔を目にした瞬間、わたしの胸の中でなにかが瞬《また》いた。

「デュミナス…殿下……」

気がつくと、わたしは彼を見つめたままそう呟いていた。

デュミナスは目を瞬かせる。わたしは再び彼の名前を呼んだ。

「デュミナス、殿下――」

今度はよりはっきりと、確信を持って。

どうしてわかったのかは、わからない。けれど彼は「デュミナス」だ。間違いなく「デュミナス」だ。レイフリートではなく、デュミナスだ。

間違いない――そう思いながら見つめていると、デュミナスもわたしの言葉の意味と視線の理由がわかったのだろう。

驚いた顔を見せたあと、ややあって、ふっと苦笑した。

「よくわかったな」

そして抵抗を諦めたような口調で言う。わたしははーっと息をついた。

胸がドキドキしている。今までまったくわからなかったのに、どうして今だけ気づけたのだろう。

そんなわたしの耳に、

「初めてだ」

デュミナスの声がした。

「初めてだ。どちらなのか当てられたのは」

その声は、残念そうでもあり嬉しそうでもある。口調も普段の「デュミナス」とは違う、もっと砕けたものだ。きっとデュミナス本来のものなのだろう。

わたしは改めて彼を見つめた。

こうして見つめていると、些細《ささい》だが確かに違いが伝わってくる。

「どうして気づいたんだ?」

尋ねられ、わたしは考える。

少しして、なんとなくその理由がわかった気がした。

「おそらく…おそらくですが、わたしはここのところずっとレイフリート殿下といたのではないでしょうか。いえ——正解を教えていただけないことはわかっています。ただ、多分レイフリート殿下が装ったデュミナス殿下といたのだと思います。だから逆に、今こうしてお会いしているのはデュミナス殿下だとわかったのではないかと」

「……なるほど」

わたしの言葉に、デュミナスは頷いて微笑む。

連れている馬の頭を、くしゃっと撫でた。

「それで、姫はどちらか決めたのかな」

「！」

突然の問いに、咄嗟《とっさ》に声が出なくなる。

たじろぐわたしに、デュミナスは微笑んだまままさらに言う。

「どちらか決められましたか」

今度はデュミナス王子の口調だ。

答えられずに俯いてしまうと、デュミナスが苦笑した声が聞こえた。

「決めてもらわなければ困るな。でなければ、わたしたち二人を受け入れてくれるか――」

「それは……」

「無理ならどちらかに――」

「すぐに決められるようなら、もう決めています！　わたしのせいでどちらかが死んでしまうか――いなくなってしまうかもしれないというのに、そうそう簡単には決められません！」

判断を急《せ》かそうとするデュミナスの声に、つい声を荒らげてしまうと、彼は困ったように笑った。

「真面目なんだな」

「いけませんか」

その言葉に、わたしはいっそう彼を睨む。

「教えて欲しいことはなに一つ教えてくれないくせに、ただ決めることを急かすなんて……そんなのはあんまりです！」

泣きそうになりながら言うと、彼はますます苦笑を深める。困ったように馬を撫でると、伏し目がちに言った。

「悪くはないさ。ただ――わたしならそんなに悩まないのにと思ったんだ」

「……どういう意味ですか」

尋ねたわたしに、デュミナスはふっと柔らかく目を細める。馬を撫でながら、静かに続ける。

「もし兄さんを選べば…兄さんはあなたを大切に――幸せにするだろうということだよ。今まであなたが大切にされたと思ったことがあるなら、それはきっと兄さんだ」

「！」

思いがけない言葉に、わたしは絶句した。

彼は本気で――本音で今の言葉を言ったのだろうか？

わたしがレイフリートを選べば、彼は国を追われるというのに。

「あ――あなたは――」

殺されるかもしれないのに、平気なのですか。

そう尋ねようとしたときだった。

……。

その後ろからは、デュミナスの従者と思われる男、それからさらに遅れてやってきたのは

馬を洗っていた初老の男が、血相を変えて駆けてくる。

「殿下！」

「ソフィ!?」

どうして彼女がこんなところまで、と驚いていると、

「殿下、すぐに医師のもとへお向かいください。妃殿下もお急ぎください！」

駆け寄ってきた従者が声を上げる。

彼とソフィは、手になにか…布のようなものを持っている。

ソフィは、その布をわたしの手に押しつけた。

「姫さま、こ、こ、こんなところにいらしたのですね」

「え…ええ……いっ、いったいどう――」

「話はあとでいたします。とにかく、これで口もとを覆ってくださいませ」

「え…え？」

慌てるわたしの傍らで、従者も同じようなものをデュミナスに押しつけている。ソフィが狼狽えながら言った。

「こ、これには薬草を煎《せん》じたものが染み込ませてございます。口もとを押さえて、そのまま

医師のところへ。わたくしがご案内いたします」

「どういうこと？」

「病《やまい》です。いったいどのような疫病なのか……エマが高熱で倒れました。その上身体中に発《ほっ》疹《しん》が」

「ええっ⁉」

「すでにエマは医師の指示で治療用の部屋におりますが、彼女はずっと姫さまのお世話をしておりました。姫さまには病の予防が必要ですし、場合によっては治療も必要になるかもしれません。さ、早く医師のところへ。処方薬があるそうでございますので」

ソフィはすっかり動転している。ちらりと見れば、デュミナスの従者も同じようなことを話している。が、デュミナスは話を聞くと、手にしていた布をわたしに渡してきた。

「殿下？」

「殿下⁉」

わたしの声に、従者の声が重なる。

デュミナスはわたしと布を見ると「使え」と顎《あご》をしゃくった。

「わたしは大抵の病に耐性がある。医師のもとへは行くが、道中、この布がなかったところで罹患《りかん》はしないだろう。この国の病に慣れていないお前のほうが心配だ」

「……」

「わたしの分も使え」

「でも」

「姫さま、お言葉に甘えましょう。ささ――急いで」

わたしはなおも言おうとしたが、焦《じ》れたソフィに腕を取られ、引っ張られる。

慌てて口もとを布で押さえると、引きずられるようにデュミナスの側をあとにする。

彼の言葉を胸の中に残したままで。

◆

医師からもらった予防のための薬を飲み、部屋に戻ったものの、身辺は落ち着かなかった。

なにしろ、侍女の中でも働き者で方々に知りあいの多いエマの病気だ。

他の侍女たちや従者たちにも感染の疑いがある、と、夜になっても城の中は大騒ぎだった。

そんな中、わたしはただ一心にエマの回復を願っていた。

熱も発疹も早く治まるといい。治まって欲しい。朗らかな彼女の話をまた聞きたい。明るい笑顔が見たい。嫁いできて不安だったわたしの心も、彼女がてきぱきと仕事する様子を眺めていると、それだけで癒《いや》されたものだ。

だが。

そんなわたしの耳に届いたのは、忘れかけていたあの噂——。わたしについての噂だった。

それは、エマの様子を聞こうと、ソフィとともに医師のもとへ向かっていたときだ。

エマの友人たちが、わたしも顔を知っている侍女が、数人集まって話しているのを聞いてしまったのだ。

彼女の今回の病は、わたしのせいではないか——と話しているのを。


『だってあんなに元気だったのに』

『ねえ。今まではどんな流行病《はやりやまい》でも平気だったのよ？　それなのに今回に限って……』

『やっぱりあの姫さまの災いが、殿下じゃなくあの子に降りかかったっていうことかしらねえ』


たまたまそれを聞いてしまったとき。わたしは恐怖に動けなかった。

憤慨して彼女たちに摑みかかろうとしたソフィをなんとか止めはしたが、どうやって部屋まで戻ったかは覚えていないほどだ。

（わたしの……）

そんなはずはないと頭ではわかっている。

そんなはずはない。そんなわけはない。ただの偶然なのだ、と。

けれどエマと親しくしていたことは事実だから怖くなる。

もしかしたら――もしかしたら、わたしは本当になにか災いを持ってしまっているのでは
――と。

(どうしよう……)

わたしは不安でたまらなかった。

わたしのせいで、エマが病に罹《かか》ってしまったのだとしたら。

わたしのせいで、苦しい思いをしているのだとしたら。熱と発疹に苦しんでいるのだとしたら。

気づけばベッドに横になっていたわたしの頭の中を、ぐるぐると同じことばかりが回る。

重たく暗い考えで、頭の中がいっぱいになってしまう。

その苦しさに涙が滲んでくるのを感じたとき。

「こちらです――殿下」

ドアの外からソフィの声がしたかと思うと、そこが開き、デュミナスが飛び込んできた。

「姫――」

「殿下……っ」

駆け寄ってきた彼は、上体を起こしたわたしをぎゅっと抱き締めてくる。

縋るようにきつく抱き締め返すと、ぼろぼろと涙が零れた。

「わたしのせいです……」

たまらず、わたしは呟いていた。

「わたしが親しくしたせいで……そのせいできっとエマは――」

「なにを――」

「姫、落ち着いてください」

デュミナスは間近からわたしを見つめると、必死な面持ちで頭を振った。

「姫のせいではありません。数年に一度の流行病です。誰がどんな噂をしようと、姫には関係のないことです」

「でも――」

「でもではありません。姫には関係のないことです！」

強い口調で言われて肩を揺さぶられ、ようやく、少し冷静になる。

それでも不安で見つめると、デュミナスは安心させてくれるかのように微笑んだ。

「姫のせいではありません。そんなことあるわけがない。もしあなたがおっしゃったとおりならば、あなたと一番に親しいあなたの乳母が一番に危ないはずだ。そうではありませんか？」

「ソフィが……」

「そうです。ですがその姫の乳母は、今、姫を一番に心配しています。怯えているあなたをなんとかして欲しい、とわたしのもとにやってくるほどに」

そう言うと、デュミナスは再びわたしを抱き締めてくれる。

ううん……彼はレイフリートだ。

わたしは自分を抱き締め、優しく背を撫でてくれる人が誰なのかを、はっきり理解した。

この人はレイフリートだ。デュミナスじゃない。違う。似ているけれど——とても似ているけれど違う。二人は違う。

「ありがとうございます。レイフリート…殿下……」

抱き締められたままわたしが言うと、彼の手がぴくりと震える。そっと顔を上げると、彼は驚いたように瞠目していた。そんな様子までデュミナスにそっくりだ。けれど、やっぱり違う。

わたしが微笑むと、レイフリートもゆっくりと微笑む。

「あなたはやはり素晴らしい方だ……」

耳もとで、レイフリートの嚙み締めるような声がした。

◆

がくん、と頭が落ちて、わたしははっと息を呑んだ。いつの間にか眠っていたらしい。

エマの容態は、なにかあればすぐに知らされることになっている。そうしてもらえるように、医師に頼んだのだ。だからずっと起きているつもりだったのに。

「す、すみません。わたし、眠って……」

レイフリートに肩を抱かれた格好で、いつしか彼に寄りかかって眠ってしまっていたことを謝ると、彼は「いいえ」と頭を振った。

「むしろ眠ってください。だから起こさなかったのですから」

「でも」

「大丈夫です。わたしが起きていますから、なにかあればお教えします」

「……」

「わたしは大丈夫です。寝ないことには慣れています。幼いころから、眠ると死んでしまうのではと不安で」

「殿下……」

ぎゅっとレイフリートの服を握り締めると、彼は小さく苦笑した。思い出すような、遠くを見るようなまなざしで言う。

「いつか死ぬのだろうと思っていました。自らの身体の弱さに怯え、誰かに見つかることに怯え……ずっと隠れて身を潜めて過ごしていた。だからデュミナスがわたしを見つけてくれたときは嬉しかった。わたしの大切な弟です。でも……」

レイフリートは声を切る。

思い詰めているような、辛そうな貌だ。わたしを見つめると、熱っぽく続ける。

「でも――今はそんな大切な弟よりもあなたを求めてやまないのです。酷い男だと思われるでしょうが、それほどにあなたを愛しているのです」

肩を抱き寄せられ、押し殺した声音でそう告げられると、切なさに胸が疼く。

そのとき。

不意に、どこからかコンコン、と音がした。

びくりと慄くわたしに、レイフリートは「ここにいるように」と耳打ちする。そして静かにベッドを下りると、そろそろとカーテンの閉じている窓辺に近づいていく。

「誰だ！」

声とともに、レイフリートは大きくカーテンを捲る。そこにいたのは、レイフリート同じ顔の男――。

――デュミナスだった。

「デュミナス……」

レイフリートも戸惑っているようだ。

それでも窓を開けてやると、デュミナスがバルコニーから入ってきた。

「驚かせてすまなかった。だが正面から尋ねるわけにはいかなかったからな」

そう言うと、手にしていた籠《かご》をベッドの上に放る。

「それは……？」

レイフリートが尋ねると、

「食事だ」

デュミナスは言った。

「わたしの夜食用に作らせたものを持ってきた。なにも食べていないだろうと思ってな」

わたしが見てみると、そこには、パンに肉や野菜を挟んだものが入っていた。レイフリートが小さく笑う。

「お前はこれが好きだな」

「食べやすいからな。さ――姫もどうぞ」

「あ、ありがとうございます」

デュミナスに勧められるまま、わたしもその食べ物の一つを手に取った。

二人のまねをして、パンごと囓《かじ》る。美味しさに、息が止まった。

「っ……美味しい」

「だろう？　果物《くだもの》もあるぞ。あと甘いものも」

「ありがとうございます……」

さらに勧めてくるデュミナスに言われるまま、わたしは果実を口にする。

なんだか不思議だが、デュミナスの言葉はするりと胸の中に落ちてくるのだ。

「殿下は、あのあと医師のところへ？」

食べながら尋ねると、

「ああ。行った。予防薬も飲んだから大丈夫だろう」

デュミナスは頷く。その様子に、わたしはほっとした。

大丈夫だと言ってはいたが、薬草を染み込ませた布をわたしに使わせてくれたから、気になっていたのだ。

すると、

「気にするなよ」

おもむろに、デュミナスが言った。見ると、彼は最後の一口を豪快に食べて続ける。

「城であれこれ言われている件だ。姫はなにも悪くない。だから気にするなよ」

「それはわたしがすでに言っておいた。思い出させるな」

すると、レイフリートが微かに怒ったような口調で言う。デュミナスは「そうか」と肩を竦めた。

「ならよかった。じゃあこの話はもうおしまい――だな」

そしてわたしに向けてにっこり笑う。その笑みについつられて微笑むと、胸がじわりと温かくなる。それを噛み締めていたとき。

「もう戻れ」

デュミナスに向けて、レイフリートが言った。

「万が一、誰かが入ってきて見られたらまずい。夜食は助かった。ありがとう」

「どういたしまして。そうだな、あまり長居するのはまずいか」

デュミナスは頷くと、来たとき同様籠を手にバルコニーから帰っていく。

慌ただしい来訪。そして思いも寄らなかった差し入れに、

「びっくりしましたね」

つい笑いながらわたしが言うと、レイフリートは静かに口の端を上げる。

そのまま、じっとわたしを見つめてきた。いつもと少し違う彼の気配に、部屋の空気が硬くなる気がする。

どうしたのだろうかと戸惑っていると、

「姫は、デュミナスがお好きですか」

抑揚のない低い声で、レイフリートが尋ねてきた。

どうしてそんなことを？

思いがけない言葉に、声が出ない。

そんなわたしに微笑んだまま、レイフリートはわたしの手をそっと握り締めてきた。

「こんなときに申し上げるのはなんですが、あなたと最初に夜を過ごしたのはわたしです」

「！」

息が止まる。

驚きのまま見つめるわたしに、レイフリートは頷く。

「あなたを愛しています、セシル。わたしの大切な人――」

その声は、驚きに戸惑う胸を揺さぶるものだった。

◆

エマの病は、幸いにして翌日には快方に向かった。

熱は安定し、発疹も、処置が早かったためか酷い跡は残らないようだ。それでも念のため、わたしはシャラヤに使者を出し、発疹用の薬を取り寄せることにした。少しでもエマのためになればと思ったのだ。

わたしがデュミナスに会えたのは、翌日の夕刻だった。

公務もなく、病の予防のために丸一日は部屋から出ないようにとソフィにきつく言われていたからだ。

街のギルドのお祭りに出席しているというデュミナスを追い、わたしも会場である商人の館《やかた》へと向かう。

彼に、伝えなければならないことがあった。

やがて、辿り着いた館の大きさは想像以上だった。

知らない人が見れば、こちらが王宮だと思いかねない広い館の中は、人で溢れている。

その波をなんとか乗り越えながらデュミナスを捜すと、彼は数人の商人たちと歓談中だった。

わたしを見ると、デュミナスは驚いたように、けれど嬉しそうに微笑む。

人の輪から離れ二人きりになると、

「どうしてここへ」

不思議そうに尋ねてくる。わたしはまず、エマが快方に向かったこと、後遺症もなさそうなことを伝える。するとデュミナスはいっそう笑みを深めた。

「そうか。よかったな」

「はい……本当に」

「あなたが取り寄せるというシャラヤの薬も、きっと役に立つだろう」

「だといいのですが」

「立つさ。姫の優しい気持ちが込められているんだ。きっと効く」

根拠なんてないのに、デュミナスにそう言われるとそんな気がするから不思議だ。けれど決して嫌な気分じゃない。

わたしはその不思議な心地よさを覚えたまま、レイフリートにもエマの快癒のことを話したいと伝える。しかしその途端、デュミナスは悲しそうな顔でゆっくり顔を振った。

「兄さんは今、少し体調を崩してる」

「えっ」

「大丈夫。ただの過労だよ」

「ひょっとして、ずっと起きていたからですか？　わたしにつき添って……」

「違う。単なる過労だよ。以前に比べれば元気になったとはいえ、元々あまり体力があるほうじゃないからな」

デュミナスはわたしのせいだとは言わない。けれどおそらくそうだろう。

だって疲れる理由なんて、きっと他にない。

わたしを気遣ってくれたためだ。自分の身体のことも押して、わたしを気にしてくれた……。

優しいレイフリート。そしてなにより、彼はわたしの初めての相手だ。

わたしはゆっくりと息をつくと、自分の気持ちを確かめる。

「あの……」

胸がドキドキする。けれど言わなければ、と、わたしは静かに口を開いた。

「わたし、あの……」

けれど、デュミナスを見つめ、彼に見つめられていると、どうしてかそれ以上言葉が出ない。

言おうとしたまま固まっていると、

「決めたのか?」

デュミナスが微苦笑を見せながら言った。

どうして彼は、わたしの気持ちがわかるのだろう?

わたしはこくりと頷いた。

「わ、わたしはあの夜、レイフリート殿下と契りを交わしました。結婚の誓いを交わした相手がどちらなのかわからない以上――あなた方が打ち明けてくださらない以上、わたしはレイフリート殿下を夫にいたしたいと思います」

誓った相手がわからないなら、貞操を捧《ささ》げた相手と添い遂げる――。

わたしがそう言って見つめると、デュミナスはじっと見つめ返してくる。

いったいどのくらい、そうして見つめあっただろう?

やがて、彼は深く頷いた。

「それがいい。兄さんならあなたを幸せにしてくれるだろう。姫はきっと幸せになれる」

「……幸せに……?」

「ああ。俺はそんなことは信じていないけど、もし仮に姫が災いを持っているなら、それは俺が持っていく。それを持って——国を出ていくよ。だから二人は必ず、幸せになれる」

「！」

胸が、大きく軋む。

「どうして……」

気づけば声が零れていた。

「どうしてデュミナス殿下は、そんなふうに……レイフリート殿下や、わたしのことを……どうして……」

「兄さんには、幸せになってもらいたい。俺がなにも知らず脳天気に暮らしていた十数年の間、兄さんはなにも悪くないのに酷い目に遭っていたんだ。その分も、幸せになってもらいたいんだ」

「……」

「それにあなたは——」

さらに言葉を継ごうとしたデュミナスの声が、ふと途切れる。

風に乗って、音楽が流れてきたのだ。そして楽しそうな声が。

祭りも最高潮といったところだろう。

次の瞬間、

「踊っていただけますか？　姫」

声とともに、スイと手が差し出された。

「！」

懐かしい声。見覚えのある手。結婚の祝宴のときの――。

いや、違う。もっと前だ。

わたしははっと息を呑んだ。

まだ幼かったころ。わたしの誕生日だ。父が大きなパーティーを開いてくれて、そのとき……。

でもまさか。

あれはずっとずっと昔の話だ。忘れてしまっていたほどの、昔の話。

それでも引き寄せられるようにデュミナスの手を取ると、流れるように抱き寄せられる。

音楽に合わせてステップを踏むデュミナスにリードされるまま踊っていると、世界中に二人しかいないような感覚になる。

幸せなのに悲しくて、切なくて苦しい。

泣く理由なんてないのに泣きそうになっていると、

「――」

不意にデュミナスにきつく抱き締められた。

そのままぶつけるようにして唇を塞がれる。

熱い——秘められているもののすべてをぶつけてくるかのような口づけだ。

「デュミナス…さま——」

喘《あえ》ぐように彼の名前を呼ぶと、彼はわたしを抱き締めたまま囁くように言う。

「攫っていたかもしれない。わたしが、こんな立場でなければ」

「殿下……」

「上手くいかないものだ。けれどこれも運命だろう」

「殿下——」

「これはただのわたしの未練だ。だからすぐに別れてくれ。わたしは早々に国を出ていく。なに、幸いにしてわたしは健康で剣の腕も立つ。どこででも生きていけるさ」

「……」

「幸せに、姫。どこにいても、あなたはわたしの大切な人だ。あなたが誰を愛していても、わたしはあなたを愛してる」

「つ……」

遠い昔から決めていたことを告げるようにしてデュミナスは言うと、そっとわたしを抱き締めていた腕を放す。

その瞬間、胸の中に冷たい風が吹き込んだ気がした。

そんなわたしの胸の中の嵐《あらし》が影響したわけでもないだろうに、街から戻ってほどなく降り始めた雨は、瞬く間に大雨になった。

まるで天が破れたかのように降る雨が、窓に吹きつけ激しい音を立てる。

その音に責められているようで、わたしは逃げるようにベッドに潜り込んだ。

商人の館から戻ったわたしは、人目を避けてレイフリートのもとへ向かった。

わたしが訪れると、ベッドで本を読んでいたレイフリートはとても喜んでくれた。そしてわたしの気持ちを伝えると——あなたと一緒にいたいと告げると、それ以上に喜んでくれた。

ありがとうと繰り返し、幸せにすると繰り返し、わたしを抱き締めてくれた。

『本当なら、こんな嬉しい夜はあなたと過ごしたいところですが、残念ながら今夜はデュミナスが王子として出かけています。わたしは姿を見せられない。この喜びは後日に取っておきましょう』

そう言うと、部屋を出ていくわたしの手に熱い口づけを残してくれた。

◆
◆
◆

その感触は、今も残っている。

けれどわたしの唇には、デュミナスの熱が残っている。

わたしは胸のざわめきを宥めるようにゆっくりと唇に触れると、やがて、そこから指を離した。

「……これでよかったのよ……」

自分に言い聞かせるように呟いた。

これでよかったのだ。初夜を捧げた相手と添い遂げる。それで間違っていないはずだ。ソフィだって言っていた。

偶然であれ、最初の相手が運命の相手なのだ、と。

「最初の相手……」

寝返りを打ちながら、確かめるように呟く。しかしその途端、わたしの胸の中がざわりと騒いだ。

最初の相手。初夜。契り。

「…………」

確かに、初夜をともにしたのはレイフリートだったかもしれない。

けれど──。

最初の相手は、本当に彼だったのだろうか……？

考えはじめると、止まらなくなっていく。
翌日のソファでの行為の折の、あの痛み。
初めて感じるような、あの苦しさ。
わたしが痛みを伝えたときの、デュミナスのあの表情。
もしかして。
もしかして――。
もしかしてわたしは、初夜には契っていなかったのではないだろうか……？
身体が弱く、だからこそ他人の苦しさにも敏感な、優しいレイフリートのことだ。
わたしが痛がり抵抗したせいで、最後まで行わなかったのではないだろうか？
翌日の――朝の――彼の貌！
ちゃんとできただろうかと尋ねたときの、あの戸惑ったような……困ったような……。
そうだ。
きっとそうだ。
わたしはあの夜、レイフリートとは契っていない。
わたしの最初の相手は……。
「デュミナス……」
呟くと、ざわっと肌が粟立った。

じっとしていられず、わたしは跳ね起きた。

だとしたら。

だとしたらデュミナスを行かせたくない。わたしはまだ選べない。

慌てて上掛けを着ると、寝室から飛び出す。しかしそこでわたしが目にしたのは、混乱をきたした様子の城内だった。

「な……」

戸惑い、わたしが思わず足を止めると、それに気づいた城の警護の男が焦った様子で近づいてきた。

「妃殿下！　お危のうございます！　お部屋へお戻りください！」

「ど──どうしたの？　どうしてこんな騒ぎに……。また病が……」

それにしてはものものしい。

いったいどうしたのかと思っていると、

「災害です」

男は、眉を顰《ひそ》めて言った。

「この雨で、各地に災害が。城も被害を受けています。そのせいで、夜中にこんな騒ぎに」

「……」

「ですが妃殿下のお部屋の辺りは大丈夫です。安心してお休みください」

「安心して……って……」

城の一部では大変なことになっている様子なのに、自分だけのうのうと寝てはいられない。かといってわたし一人ではなんの役にも立たないだろう。むしろ邪魔になるだけだ。部屋にいるしかないのだろうかと思っていると、

「姫！」

デュミナスの声がした。

彼は泥だらけの姿で近づいてきた。

「殿下……」

「姫……部屋にいてください。危険だ」

数時間前に別れたばかりなのに、ずいぶん会わなかった気がする。そしてもうすぐ、永遠に会えなくなる人。でも、彼を行かせたくない。

かといってこんな場所でなにを言うこともできない。

為《な》す術《すべ》なく泣きそうになっていると、デュミナスは近くにいた男に指示を出し、「わたしもあとで行く」と伝えて改めてわたしに向いてきた。

「雨のせいで数ヶ所が崩れたのです。やはり古くなって弱っていたようです。その他にも、国のあちこちで被害が」

「厩舎は……馬は――」

「大丈夫です。被害はありませんし、万が一に備えて馬は別の厩舎に避難させました」

「……」

デュミナスの声に、わたしは頷く。

行かないで欲しいと言ってしまいたい。けれどそれを言えば、いなくなるのはレイフリートだ。

わたしを愛していると、何度も伝えてくれた人。いつもいつもわたしを求めてくれた人。初夜を――偽ってまで。

あの聡明な人が偽りを告げる――。そこにどれほどの思いがあったか想像すると、胸が痛む。それほどわたしを求めてくれたのだ。

わたしが気がつかなかったとしても、デュミナスは気づいたかもしれない。

それでも、レイフリートは自分を選んで欲しいと、その一心で――。

どちらとも離れたくないとすれば、選ぶ方法は一つだけれど、それは、二人の王子と結婚するということだ。

そんなことが許されるのだろうか。そんなことをするわたしを、わたしは許せるのだろうか？

「――姫？」

ぐるぐると考えていると、軽く肩を揺さぶられる。

はっと見ると、デュミナスが苦笑していた。

「大丈夫ですか？　部屋に戻っていた方がいい。わたしは、これが王子としての最後の仕事になりそうです」

そう言うデュミナスに、わたしが口を開きかけたときだった。

「大変です！　ダモ峠《とうげ》で土砂崩れが――！」

一人の男が、雨にびしょ濡れになった姿で駆け込んできた。

デュミナスの顔色が変わる。

「部屋へ！」とわたしを押しやると、駆け込んできた男から状況を聞き始める。

見ていると、人もどんどん集まってくる。雨のせいで立て続けに災害が起こっているようだ。

こうしている間も、さらに被害が出ているのか、城のあちこちで怒号が飛び交っている。

(大丈夫なのかしら……)

わたしは不安になりつつも、部屋へ戻る。

デュミナスなら――彼ならきっとなんとかしてくれるはずだ。

わたしができることなどないのだから、言われたようにおとなしくしていよう。

けれどそう思ってベッドに潜り込んでも、雨の音のせいで眠れない。いや――違う。デュミナスのことを考えて、レイフリートのことを考えて眠れない。

そうしていると、

「姫さま、姫さま」

ソフィの声がする。

身を起こすと、彼女は恐怖に震えながら駆け寄ってきた。

「だ、だ、大丈夫ですか、姫さま」

「え——ええ」

「たい、大変なことになっておりますね」

「そうね……大丈夫だと思いたいのだけれど……」

雨はますます激しくなっている。

これ以上被害が出なければいいけれど、大丈夫だろうか。

この城の侍女たちは大丈夫だろうか？

デュミナスの妃として、せめて彼女たちだけでも護りたい。

そう決心すると、

「ソフィ」

わたしは震えているソフィを呼び、城にいる女性たちをできるだけこの部屋に呼ぶように伝える。

「ええっ」

ソフィは驚いた声を上げるが、わたしの気持ちは変わらなかった。みな、この部屋の辺りは安全だと言っていた。だったら、ここに避難してもらうのが一番いい。部屋には入りきれなくても、この部屋の近くにいれば、安心するだろう。

わたしはソフィを待っていられず、自ら先に立って部屋を出ると、侍女たちにその旨を伝えて回った。みな不安だったのか、怯えた表情でいそいそと集まってくる。

ほっとしたように身を寄せあっている彼女たちの姿に、わたしはささやかながら安堵《あんど》を覚える。しかしそれは、ほんのわずかな間に過ぎなかった。

「川が大変なことになったみたいです！」

避難してきた侍女の一人が狼狽えた声で言うと、部屋の中は大きくざわついた。

「ここに逃げてくる途中で聞いたんです。街を流れる川の一部が決壊したみたいで、アロ地区とグーゼンの辺りは滅茶苦茶《めちゃくちゃ》になってるって……」

その言葉に、さらにざわめきが広がる。

そうしていると、部屋の外から聞こえてくる声もますます大きくなる。城の中も大混乱のようだ。

ドアを開けて様子を窺うと、人手が足りない上にあちこちで被害が出ているせいで、みな動揺していて対応が上手くいっていないようだ。

デュミナス一人で指示を出すには、被害が大きすぎるのだろう。限界なのだ。上手く対応できず、いっそう被害が大きくなれば、収拾がつかなくなるかもしれない。

誰かもう一人——国のことに詳しく、みなに的確な指示ができる人がいれば……。

——レイフリートがいれば……。

けれど王子が二人となれば、周囲は混乱するに違いない。双子が疎まれている国だ。なにが起こるかわからない。

このまま雨が収まるのを待つしかないのだろうか？

けれどもし、もっと被害が大きくなったら——。

想像してきつく眉を寄せたとき。

集まっている人たちから大きなどよめきが上がった。

「!?」

慌てて目をこらす。理由はすぐにわかった。

そこには、二人の王子がいたのだ。デュミナスとレイフリート。双子の王子が。

（レイフリート殿下——）

彼が姿を見せたのだ。

辺りのざわめきがますます大きくなる。

デュミナスも驚いているようだ。

だが、二人は互いを見つめると、すぐになすべきことを察したように頷きあい、雑音など気にしないとばかりに、毅然とした声で次々に周囲に指示を出し始めた。

みなも我に返ったのか、まだ戸惑いがちながらも自らの仕事に戻っていく。

混乱していた空気も徐々に落ち着き、次第に冷静さを取り戻していく。

二人でいると、その力は二倍に——いや、それ以上になるようだ。

氾濫《はんらん》した川の対応、避難の開始、完了、土砂崩れの復旧……その報告が次々と入ってくる。

雨はまだ降り続いている。

けれど不思議なことに、もう大丈夫だと思えた。二人の王子がいるなら、もう大丈夫に違いない、と。

◆

丸一日降り続いた大雨から、三日が過ぎた。被害は甚大だったものの、奇跡的に死者は出なかった。

「ご無事でよかったです」

わたしは、災害の現地から戻ったデュミナスとレイフリートに心からの安堵の言葉を伝えた。

二人はそれぞれ、昨日から国のあちこちに被害の確認と復旧の指示に出かけていたのだ。

王子が二人――それも双子だったことは、城の人々や国民にも小さくない衝撃を与えたようだった。

中にはやはりと言うべきか、王子たちのせいでこの災害が起こったのだと騒ぐ者もいた。

だがそれはごく少数で、「優れた二人の王子のおかげで被害は最小限で済んだ」という意見が大半のようだった。

そのためか、双子が不吉だという迷信は過去のものにすぎないという世論も大きくなり、二人はこのまま王子として認められそうだ。

よかった――。

ほっとしながら、わたしは無事に帰った二人を見つめる。

すると、二人はそっくりな顔で――けれど確かに違う貌で微笑み、

「姫こそ」

「姫も大変だったでしょう」

と、それぞれ労《ねぎら》ってくれるように言った。

彼らが出かけていた間は、わたしが王城の復旧の指揮を任された。城の被害も大きなものだったのだ。指揮といっても、実際はすでにデュミナスが指示していた復旧活動の進捗《しんちょく》状況を確かめるだけ――名目上のことだったけれど、雨が過ぎて元気を取り戻した侍女たちの助けもあって、なんとか乗りきれた。

わたしがそれを話すと、二人は「それはよかった」といっそう笑みを深めた。

そんな二人を見つめ返すと、わたしはゆっくり近づく。

右手でレイフリートの手を、左手でデュミナスの手を取ると、

「お二人が無事でよかったです」

二人を見つめたまま、噛み締めるようにして言った。

「お二人とも、この国には欠かせない方々だと——みなが感じています」

二人の手をぎゅっと握りながら、わたしは告げる。二人が出ている間、ずっと考えていたのだ。ずっと言おうと思っていたのだ。

街でもこの城でも、二人を歓迎する声が多かった。だからこのあとも二人にいて欲しい、どちらかがいなくなるなんて言わずにいて欲しい。

そんな気持ちを込めて見つめると、二人は顔を見合わせる。

そして、ふっと笑った。

デュミナスが口を開いた。

「戻ったらそれを言おうと思っていました。一度は去ろうと思ったこの国ですが、ここはやはりわたしの愛する祖国。離れ難い思いでいっぱいなのです。この国から、城から——。姫、あなたの側から」

手を握り返され、ドキリとするわたしに、デュミナスは続ける。

「ずっと――ずっとあなたを愛していました。まだ幼いころ、あなたと出会ったときから、こんなに愛らしい方とずっと一緒にいられたらと思っていたのです。遠いこの国であなたの悪い噂を聞いたときは、胸が痛んでたまらなかった。ずっとずっと、なんとかしてあなたを花嫁に迎えたいと思っていたのです。叶ったときにはどれほど嬉しかったか――」

感極まったように想いを打ち明けてくるデュミナスに、鼓動はますます早くなる。

そんなわたしに、レイフリートが言う。

「姫――今一度考えてはいただけませんか。わたしたち二人を愛してくださることを。姫がわたしを愛してくださったことはとても嬉しく思っています。ですが、わたしだけでは不充分だ。デュミナスもまたこの国には欠かせないのです」

そして、手を握り返される。

わたしが見つめると、レイフリートは続けた。

「あなたと出会った幼きころの思い出をデュミナスから聞くたびに、わたしの胸の中もまたあなたでいっぱいになっていきました。しかもあなたは――周囲の噂にも負けず、心美しいままだった。それは、昔から隠れ暮らすことを強いられていたわたしにとって、なによりの励みであり憧れでした」

しみじみと想いを伝えてくるレイフリートに、胸が熱くなる。

二人の手の温もりが、両手に伝わってくる。二人からの愛情が伝わってくる。

わたしは彼らを見つめ返した。

二人の王子。

二人は――二人とも、わたしにとってかけがえのない人だ。

けれど本当に――本当に二人を愛してもいいのだろうか。

すると、そんなわたしの戸惑いを察したように二人が苦笑しあう。

次の瞬間、レイフリートがわたしの手を取ったままひざまずいた。驚くわたしに微笑むと、彼はわたしを見上げ、続けた。

「愛しています、姫。これからも変わらない永遠の愛を、あなたに誓います」

そのまま手の甲に口づけられ、そこはじわりと熱を孕《はら》む。

「姫――」

次いでデュミナスの声がした。わたしの手を取ったままひざまずく。わたしを見上げて、続けた。

「愛しています、姫。これからも変わらない永久の愛を、あなたに誓います」

そのまま手の甲に口づけられ、そこもまた、じわりと熱を孕む。

二人の王子からの愛の言葉に、全身が震える。

背徳感や罪悪感。二人を愛することに未だそれらの思いがつきまとう。けれど、どちらもかけがえのない大切な人だ。

わたしは二人を見つめ返す。

やがて、心を決めると、深く頷いた。

「わたしも愛しています。レイフリート王子、デュミナス王子。愛しています——」

二人を見つめ、はっきりとそう告げると、二人は幸せそうに微笑む。

そのまま立ち上がったかと思うと、クイと右手を引かれ、あっという間もなくレイフリートの胸の中に抱き留められる。戸惑う間もなく今度はくるりと背後に回ったデュミナスに後ろから抱き締められた。

「あっ——」

前後から左右の首筋に口づけられ、あられもない声が零れる。

淫らな期待に身体が震え始める。

心臓の音がみるみる大きくなっていく。

そんなわたしに、レイフリートが囁く。

「本当にいいのですか？　姫。あなた欲しさに偽りを告げるようなわたしを——。それでも愛してくださると？」

そのまま、口づけは大きく開いた胸もとに落ちていく。

同時にドレスをたくし上げられ、脚を、尻を撫でられ、その感触に肌が粟立つ。

込み上げてくる快感に震えながらガクガクと頷くと、それを悦ぶようにレイフリートの指がそっと性器に触れる。

　びくりと身を震わせた途端、熱くなった耳朶《じだ》に背後から口づけられた。そのまま含まれ、舌で弄《もてあそ》ぶようにしてなぞられ、くすぐったいような快感に湿った息が漏れる。

　そんなわたしに、デュミナスが囁いた。

「構いませんか？　姫。一度はあなたのもとを去りかけたわたしを――。それでも愛してくださいますか？」

　そして彼は背後からゆっくりとわたしの乳房を愛撫し始める。

　ドレスの上から戯れのようにやわやわと揉まれ、立ち上がった胸の突起が布に擦れて焦れったいような快感に腰が揺れる。

「あ……あ……っ」

　声が堪えられない。

　頷く代わりに彼の服を摑むと、耳殻にちゅっと口づけられる。

「可愛い方だ」

　笑いながら囁かれ、その刺激にぎゅっと目を閉じて頭を振ると、レイフリートが小さく笑う。

「相変わらず――わたしたちを悦ばせるのが上手ですね、姫」

　そのままベッドへ誘われると、大きくドレスをまくり上げられる。

脚が露わになり真っ赤になった直後、

「失礼――」

ドレスの胸もとを大きく広げられる。

乳房も露わになり、わたしはさらに頬を染めた。

こんな淫らな格好を彼らに――二人に見られているのだと思うと、恥ずかしさに全身が熱くなる。

逃げ出してしまいたい。けれど両脚をレイフリートに、そして腕をデュミナスに摑まれ動けない。

赤くなったまま震えていると、くすりと笑ったデュミナスに口づけられた。

「まったく――そんなに可愛らしく震えられたら愛らしさにどうにかなってしまいそうだ」

「っ…あ…わたし…ぁ……ああっ――」

次の瞬間、胸もとに口づけられる。レイフリートだ。

「あ……っん、んぅん……っ」

乳房に、乳首に口づけられ、上げかけた声はデュミナスの唇に塞がれる。

挿し入ってきた舌に舌を舐られ、ねっとりとしたその快感に頭がぼうっとする。

レイフリートに胸の突起を吸われ、舌でなぞられ、覚えのある感覚に――とろけるような快感に身体の奥が熱くなる。

くぐもった声が口の端から零れる。混じりあった二人分の体液を飲み下すと、デュミナスが嬉しそうに微笑んだ気配があった。

「美味しいですか」

口づけの合間に尋ねられ、ぼうっとした頭のまま頷くと、口づけはより甘くなる。

「ん……ぅ……んむ……っん……」

角度を変えて深く口づけられ、その快感に喘ぐようにして喉を反らすと、口の端から生暖かなものが零れる。濡れた顎をぺろりと舐められた次の瞬間、

「あァんッ……！」

レイフリートに胸の突起を強く吸われ、大きく背中を撓らせた。

舌先でころがされ、潰《つぶ》すようにして弄られると、疼くような快感が胸の奥に広がっていく。

「あ…ァ…あ、あ、ふぁ……っ」

気持ちがよすぎて、どうすればいいのかわからない。

視界が滲んだと思うと、その涙を拭うようにデュミナスに口づけられる。

そして胸もとへの口づけは、次第に下へ——下へ降りていく。

ドレスが引き裂かれていく音が聞こえ、やがてレイフリートの唇は、性器に辿り着いた。

息を呑んだわたしの両脚が大きく広げられる。すでに恥ずかしいほど濡れているそこに、唇が触れた。

「……っア――ッ――！」

その快感に、大きく背が撓る。

目の前が白く染まる。

チュクチュクと音を立てて吸われるたび、舐められるたび、腰がわななき、高く淫らな声が口をつく。

滴る温かなものを掬うようにして舌を使われ、一際敏感な小さな突起をくすぐるようにして舐られると、声はあとからあとから際限なく溢れる。

同時に、さっきまで愛撫されていた胸もとを、指で、唇でデュミナスに愛撫されると、おかしくなりそうなほどの快感が身体の中でうねり、一気に官能の沼へ引き摺り込まれていく。

「ゃ…ぁ…だめ……ぁ…あぁ……っ――」

「先ほどのレイフリートの唇と、どちらが好きですか」

「ゃ…そん…な……」

「わかりませんか？　なら次には二人一緒に愛撫して差し上げましょうか。わたしとレイフリートで――あなたの可愛らしい左右の乳房をこうして――」

「あァっ――」

「一緒に愛して差し上げる」

右の乳房を柔らかく揉まれ、胸の突起を刺激されながら左の乳首に舌を這《は》わされ、混ざりあっては増幅していく快感に全身が震える。

「綺麗な肌だ。きめ細かでなめらかで――瑞々しい果実のようだ。触れていると離れられなくなる――」

胸の突起を温かな口内で転がしながら、デュミナスが囁く。気づけば、彼は纏っていたものをすべて脱ぎ落としている。しなやかで逞しい身体は彫像のようだ。

触れる肌の感触に、胸がざわめく。

彼と身体を重ねるのは初めてじゃない。なのに今は初めてのようにドキドキしている。

「デュミナス……っ……」

わたしは腕を伸ばすと、彼を抱き締めた。

「デュミナス…っ…キスして……っ――」

そして口づけをねだると、彼は求めていたものをくれる。

濡れた舌が絡みあう感覚がたまらない。より深い口づけを求めて彼の舌を舐めると、一瞬、デュミナスは驚いたような気配を窺わせたものの、すぐに舐め返してきた。

擦れあう粘膜の心地よさにうっとり息を零すと、胸もとを弄られ、より熱い息が零れる。

「ア……あアッ――っ――」

直後、もうすっかり濡れそぼっている性器になにかが挿し入ってきた。レイフリートの指だ。

感じる突起を舐められながら挿し入れられた指を動かされ、頭の芯まで溶けるような快感が背筋を突き抜けていく。

「可愛らしい声だ」

レイフリートが小さく笑いながら言う。

「あなたのその声で、わたしを求めてください。もっともっと――わたしを――」

「あァあ……っ――」

腰が、何度も跳ねる。恥ずかしいのに腰が揺れる。

舐られるたび、指を動かされるたび、ふつふつとわき上がる快感が充塡《じゅうてん》されていく。熱さに目眩がする。

苦しさも痛みも知っているのに、そこに熱いものが欲しくなる。その濡れたところに、熱く潤んだところに、それ以上に熱いものが欲しくてたまらない。

「レイフリート……っ……」

身悶えしながら、わたしは彼の名前を呼んだ。

「レイ…レイフリート……っ…お願い……」

ねだるような声を上げてしまうことが恥ずかしいのに、より深い淫悦を求める貪欲《どんよく》さが止められない。

「お願い……っ…レイフリート……ぁ……」

掠れた声を上げて求めると、指が抜かれ、レイフリートが顔を上げる。

衣擦《きぬず》れの音がしたかと思うと、両脚を抱えられ、そのまま一気に貫かれた。

「つあ――ッ――」

目が眩むような快感に、嬌声が迸《ほとばし》った。

びくびくと四肢が震える。達した身体をさらに穿たれ、受け止められないほどの快感に涙が零れる。

いつしかぎゅっとシーツを握り締めていると、その手をデュミナスに握られた。

握り返すと、口づけが降る。

ほどなく、その唇に、猛《たけ》った彼のものが触れた。

「できますか？」

控えめに尋ねてきた声に頷くと、昂ぶっているそれをそっと口に含んだ。

大きなものは満足に銜《くわ》えることはできなかったけれど、舌に感じる脈打つ感触に、いっそう淫らさを煽られる。

「つ…可愛い顔ですね…姫――」

「んんっ――」

「そんな可愛らしい顔で――唇でわたしのものをしゃぶっていると思うと、ますます好きになりますよ」

「う…ん…は…っ…あ、あ、ああっ――」

唇で、舌でデュミナスの屹立《きつりつ》を愛撫していると、レイフリートに突き上げられ、中を抉《えぐ》られあられもない声が零れる。

二人に同時に責め立てられ、熱く逞しいものを性器に、口に含まされ、身体中が彼らでいっぱいにされるような気さえする。込み上げてくる快感もそれまでと比べものにならないほどだ。二人を求める以上に二人に求められ、羞恥や背徳感を超える充足感と幸福感で胸が苦しくなる。

いつしか横臥《おうが》するような格好にさせられ、片脚を抱えられて深々と貫かれた。レイフリートが動くたび、繋《つな》がっている部分はぬちゅぬちゅと濡れた音を立てた。

濡れそぼった恥ずかしいところが露わにされ、身体が熱くなる。

なのにそこを弄られるとますます昂ぶり、レイフリートの熱く大きなものをきつく締めつけてしまう。

そんな痴態をデュミナスにも見られているのだと思うと恥ずかしくてたまらないのに――。

「は…ア…あ、あ、あ、ア……！」

「つ…姫……セシル――」

レイフリートが、掠れた声を零す。快感に潤む瞳で見つめると、彼は苦しそうな切なげな表情だ。その貌に、胸が疼く。彼が好きだと――彼にこうして貫かれて嬉しいと全身が悦ん

でいる。

「レイ…フリート……っ」

「セシル……っ…く…セシル――」

「あ、あ…っぁ……っ」

「愛してる――セシル…わたしの姫――」

「っぁ――っ――」

その瞬間、奥まで貫かれ、わたしは再び達していた。体奥に、レイフリートの欲望が溢れるのを感じる。温かなものが身体の奥に広がっていく感覚に、背筋が震える。

ほどなく、レイフリートの肉茎がずるりと引き出された。快感の余韻の残る身体で、全身で息をするように大きく喘いでいると、その身体を俯《うつぶ》せられ腰を引き上げられる。

デュミナスだ。

直後、背後から彼に貫かれた。

「っぁ――ッ……」

まだ快感の残る身体を穿たれ、堪えられずがくりと身体が崩れる。

「っと――」

背後から声がしたかと思うと、再び腰を掬い上げられ、後ろから繰り返し抜き挿しされた。

「気持ちがいいですか？」

耳もとで、デュミナスの声がした。

「姫がさっきまでしゃぶってくれていたからですよ。自分が育てたもので貫かれるのはどんな気分ですか」

そして彼はさっきの口淫を思い出させようとするかのように、わたしの口の中に指を突っ込んでくる。

「ん……んんぅ……ん……っ」

背後から穿たれ幾度となく揺さぶられ、口の中に指を入れられ悪戯するようにして舌を弄られ、くぐもった声が漏れる。舌を摘《つ》まれたかと思うと捏《こ》ねるようにして弄くられ、淫猥な快感に鼻にかかった喘ぎが漏れる。

飲めなかった唾液《だえき》がデュミナスの指を濡らし、閉じられない口の端から零れ落ちていく。

やがて、そのまま抱き寄せるように抱き上げられ、座るデュミナスの上に座るような格好にさせられた。

背に彼の胸が触れる。背中に彼の鼓動を感じる。大きく脚を開かされて揺さぶられる。

淫らなこの格好を、すべてをレイフリートに見られていると思うと全身が赤くなる。

「や……っ……デュミナス……や……ぁ……っ」

「恥ずかしいですか？」

そんなわたしの耳に、デュミナスの声がした。

「姫は恥ずかしいときの方が、感度がいい」

「んんっ――」

そのまま揺さぶられ、びくりと背を撓らせると、ますます激しく突き上げられた。

「あ、あ、あ…デュミナス……っ」

「感じているときの姫は――普段にもまして可愛らしい」

「ええ――まったく」

すると、間近から声が聞こえ、生まれたままの姿になったレイフリートに口づけられた。

さらには口づけられたまま、性器に伸ばされた指に再びそこを弄られ、くぐもった声が漏れる。

快感に身悶えながらも恥ずかしさに耐えられず、ついつい脚に力を込め閉じようと試みる。

けれどその途端、デュミナスにいっそう大きく脚を開かされた。

「あ……っ――」

「だめですよ、姫。閉じないで」

「で…でも…恥ずか…し……っ」

「恥ずかしいのが好きでしょう?」

「つん……っ――」

声とともに耳殻を舐められ、一際大きく脚を開かされる。

そこを弄っているレイフリートが小さく微笑んだ。

真っ赤になるわたしに、レイフリートが呟くように言う。

「本当に――花のようですね。美しい色で誘って、甘い香りで引き寄せて――蜜を零す……」

「あぁ…っ」

指は、くちゅくちゅと音を立ててわたしの感じる部分を弄り続ける。

背後からデュミナスに抱きかかえられて貫かれ、さらにはレイフリートに口づけられて秘部を執拗に弄られ、二人同時の甘く激しい責めに、身体が溶けるようだ。

溶ける――。

「っ…ゃ……ぁ…ゃ…だめ……っ…だめ…ぇ……っ」

繰り返し押し寄せる波のようなうねるような快感に、自分の身体がどうなっているのかもわからなくなる。

気持ちがいい――気持ちがいい――気持ちがいい――。

もっともっともっと――。

それしか考えられなくなる。

「っ…姫――あなたの中は…本当に――」

「つんぅ……っ」

「溶けるようですよ。温かでわたしを締めつけてきて……っ」

「ん、んんんっ――」

荒い息混じりのデュミナスの声に耳まで犯される。レイフリートの口づけはより深くなり、息まで奪われていく。

「ぁ…は、ぁ…あ…あ、あ、ああっ――」

立て続けにより激しく突き上げられ、背中が撓る。濡れた秘所の敏感な部分を嬲《なぶ》るように弄られ、恥ずかしい声がひっきりなしに溢れる。

デュミナスの心音も早い。耳もとを掠める荒い息が嬉しくて胸の奥が歓喜に震える。

「姫――」

「つあ――」

「セシル――セシル……っ」

「ぁ…ぁ…デュミナス……っん……っ」

「愛してる――セシル――」

何度となく激しく突き上げられたはずみで滑り落ちる右脚が、レイフリートの手でさらに開かされる。自由になった右手で背後からわたしの頤を摑んできたデュミナスに強引に振り返らされ、肩越しに口づけられる。

胸もとに、レイフリートの口づけが落ちる。胸の突起を吸われ、痺れるような快感が幾度も身体を突き抜ける。

弄られている秘部は、淫らな濡れた音を立て続けている。どこまでが自分の身体なのかわからなくなる。二人からの愛撫に溶かされていく。

「つあ……つん…ぁ…あ、あ、ァ――」

「セシル……っ――」

そして二度三度と突き上げられ、さらに奥まで穿たれたとき。

「あァ……ッ――」

わたしは高い声を上げ、もう何度目になるかわからない絶頂を感じていた。

全身がわななき、埋められているデュミナスを強く感じる。次の瞬間、彼がわたしの中で一際大きく脈打ち、温かなものを放った。

「は……っ……」

その感覚に、また身体が震える。ぐったりとデュミナスに身を委ねるわたしに、レイフリートの優しい口づけが触れる。

「綺麗でしたよ、姫――」

汗に濡れた髪をかき上げられて甘く囁かれ、また柔らかく口づけられる。

「あなたは本当に、素敵な人だ」

そんなわたしに、デュミナスが背後から囁き、頬に口づけてくる。甘えるようなその仕草にどきどきしていると、レイフリートがわたしの右手を、デュミナスがわたしの左手を取る。

「愛しています、セシル」

そして告げられた二人からの愛は何倍もの幸せとなって強くわたしの胸に響き、そこに深く染み込んでいった。

◆◆◆

「姫、これはここでいいのかな」

「ええ、ありがとうございます」

「姫、これは？」

わたしと侍女たち、そして二人の王子でなんとか準備を終えると、わたしたちは三人で庭でお茶会を始めた。

王子が双子だったと判明してから半年。その後、迷信深い人たちと進歩的な考えの人たちの間で若干揉めはしたものの、結局、国民の多くは元々慕っていたデュミナスが双子だったことを受け入れた。

二人だったからこそ災害で大きな被害を出さずに済んだことだけでなく、二人だったからこそこの国が豊かで安全であったのだとみなが感じたためだろう。

国民は二人の美しくも勇敢な、そして賢い王子を歓迎し、この国の王子は二人となった。

わたしも当初は二人を夫とすることに不安が拭えずにいたけれど、何度考えてもどちらも離れ難い大切な人であることは変わらなかった。

そして二人とも、以前に勝るとも劣らない愛情で、わたしを大切にしてくれている。

今日も、忙しい公務の間を縫って時間を作ってくれた。今日は二人が再会した日だと聞いたから、それならそれを祝いたいと申し出たところ、このお茶会が実現したのだ。

わたしの作ったお茶菓子でのお茶会だが、二人はそれを喜んでくれている。

「うん——美味しい。姫は料理も上手なんですね」

クッキーを摘まみながらレイフリートが言うと、

「作っている様子も素敵でしたよ」

甘くふんわりふくらんだマフィンを食べながらデュミナスが言う。

わたしは二人の間で頬を染めた。

「褒めすぎです……」

だが、二人は気にしていないようだ。

「思ったままを言っているだけです」

「本当のことを言っているだけですよ」

当然のようにそう言うと、微笑み、左右からわたしの手を取る。そしてその手の甲に、次いで両方の頬に左右から口づけてくる。

熱っぽい唇の感触に、どきりと胸が鳴った次の瞬間、

「愛しています、セシル」

左右から愛を囁かれ、再び頬に口づけが触れる。

わたしは溶けてしまうような幸せを感じながら、二人の王子からの深い愛を噛み締めていた。

END

姫花嫁と永遠の愛　永久の誓い

Honey Novel

どうしても今日こそは一言言わなければ、と決心すると、わたしは王子たちの執務室へ向かった。

今は二人とも仕事中のはずだが、侍女を通じ、王子の近従から今日はさほど忙しくないことを聞いている。ならば、話をするなら今しかないだろう——そう思って。

わたしはセシル。シャラヤ王国の王女として生まれ、十七年間そこで育ってきた。半年ほど前、このルザール王国に嫁いできた。

結婚相手はデュミナス王子。

聡明で優しく、凛々《りり》しく優美な王子は、わたしが婚約者が立て続けに死んだことにより、不吉な姫だと噂《うわさ》され、「眠らせ姫」というありがたくない異名で呼ばれていたことにも構わず、妻に、と望んでくれた。

しかも「噂など信じていません」と、わたしが一番聞きたかった言葉をはっきりと口にしてくれた上、常にわたしのことを気にかけてくれていた。

王女として生まれた以上、結婚は国同士の結びつきを強めるための手段であることはわかっていたものの、それでも「好きな人と結ばれたい」と思っていたわたしにとっては、王子はまさに夢のような結婚相手だった。

――はずだった。
王子の、大きな秘密を知るまでは。
デュミナス王子とレイフリートが、実は二人だと知るまでは。
デュミナスとレイフリートという二人の王子が誰にも知られず一人の王子となっていると
いうことを知ったとき、わたしは戸惑わずにいられなかった。彼らは、双子が忌まれている
この国の風習のために、そんな生活を続けていたらしい。
まったく気がつかなかったから、偶然から二人に会わなければわたしも二人一役を知らな
いまま暮らし続けていただろう。
だが知ってしまった以上、わたしはそれまでどおりに彼との結婚生活を過ごすことはでき
なくなった。彼らは今までわたしと会っていたのがどちらだったのかを明かす気はなく、ま
たこれからも、二人で一人の王子になることをやめる気はないようだったから。
そのため、わたしはどちらか一人を選ばなければならない難しい立場に立つことになって
しまった。
けれど結局――二人は王子が二人であること、双子であることを明らかにして、わたしも
彼らとともに暮らしていくことを決めたのだった。
双子の王子であることが、国民にどう受け止められるかは不安だったけれど、丸く収まっ
たのはこれまでの彼らの功績のおかげ、そして人柄のおかげだろう。

そんなふうにして、わたしは二人の王子たちと城で暮らしていた。

デュミナスとレイフリートは、顔や体格はまったくと言っていいほど同じながら、性格や興味を持つことについてはいくつも違いがあり、一人の王子として振る舞う必要がなくなった今は、それぞれがそれぞれの個性を活《い》かして政《まつりごと》に取り組んでいる。

互いの足りないところを補いあい、二人が協力してよりよい方向を目指していく――。それは、わたしから見ても素晴らしいことのように思えたのだが……。

このところ、問題が生じていた。

それまでも薄々感じていた問題。

それは……。

「――失礼いたします、殿下」

わたしはノックして彼らの部屋へ入ると、ソファにかけて話をしていた二人に向けて、そう挨拶《あいさつ》をした。

彼らが仕事をする部屋は、広い城の中にいくつかある。人を大勢呼べるような大きな部屋、落ち着けるこぢんまりとした部屋、書庫から近い部屋、静かな部屋……。外から出入りできる部屋もある。

今日は、庭に面した居心地のよさそうな部屋だ。二人の雰囲気からも、和やかさが見て取れる。

仕事中とはいえさほど緊迫したものではないのだろう。

目が合うと、

「姫――」

手にしていた書類から顔を上げたデュミナスが、笑顔で言う。

隣のソファに腰を下ろしていたレイフリートが立ち上がり、そっとわたしの手を取り、近くへ誘《いざな》ってくれる。

どうぞ、と促され、わたしは空いているソファに腰を下ろした。

「お仕事中に恐れ入ります。デュミナス殿下。レイフリート殿下。すぐに済みますので」

わたしが言うと、

「済まさなくていいですよ。ゆっくりとどうぞ」

「そう――。姫なら大歓迎です」

二人はにこにこしながら言う。

お茶でも運ばせましょうかと言われ、慌てて遮る。彼らとのお茶の時間はわたしにとっても楽しいものだけれど、今はそのために来たんじゃない。

わたしは居ずまいを正すと、

「実は、折り入ってお話があるのです」

と切り出した。

二人を順に見つめると、わたしの表情で彼らもなにかを察したのだろう。二人も、それまでよりもいくらか表情を引き締める。

「それは……いったい？」

微《かす》かに、レイフリートが眉《まゆ》を寄せて尋ねてきた。

「姫がわたしたちに折り入って、とは珍しいですね。もしかして、わたしたちのどちらかに至らぬところがありましたか」

デュミナスも軽く首を傾《かし》げて見つめてくる。

わたしは「いいえ」と慌てて頭を振った。二人を順に見つめると、ゆっくりと口を開いた。

「その……そんなに大仰なことではありません。でも大事なことなので、申し上げておかなければ、と思って……」

そこで、わたしは一旦《いったん》言葉を切る。

そして改めて二人を見つめ、続けた。

「お話というのは他でもありません。お二人からの贈りものについてです」

思いきって言うと、きょとんとした顔をしている二人に向けて、さらに続けた。

「と――とても感謝しています。お二人がわたしにくださる服や宝石や……靴や、他のいろいろなものはとても美しくて……嬉しく思っています。ですが、その……も、もう充分にいただいているというか……。できればお二人で相談して一つにしていただきたい、というか

「……。いつも一度に二つ届くので、少し困っているのです」

わたしは、この数ヶ月の間に届いたもののことを思い出しながら言った。

つばの大きなふわりとした美しい帽子に、何枚ものドレス。何足もの靴。首飾り、髪飾り、腕輪、指輪、耳飾り。それらを入れる宝石入れに、鏡、小物入れに香水入れ、美しい鳥に馬、そして花……。

それらのすべてが、デュミナスとレイフリートから届くのだ。

最初のころこそ、二人の趣味の違いや好みの違い、わたしに対してのイメージの違いが面白くて楽しめていた。だが、今はその余裕もなくなってきている。

なにしろ常に二つ届くのだから、置き場所もみるみるなくなってきてしまう。ドレスも、一度に着られるのは一枚なのに、まだ次のものを着る機会が来る前にさらに新しいものが届くのだ。それも、二枚。

デュミナスもレイフリートも大切だから、なるべくなら二人から贈られたものを順に身につけたいし使いたい。だがそれも、そろそろ限界に来ているのだ。

だから今日、わたしはいよいよ伝えておかなければとここへやってきた。

そんなに頻繁に贈り物をしてもらわなくてもいいし、せめて一つにして欲しい、とそう言いたくて。

すると二人は、黙ったままわたしを見つめ返してくる。

次いでちらりと互いを見合うと、小さく笑った。

「できないことはありませんが」

デュミナスが言う。

「贈りたいと思ってしまうのです」

レイフリートが言う。

そして二人は、笑いながらわたしを見つめてくる。

その瞳《ひとみ》はとろけるような優しさと甘さを湛《たた》えていて、たまらなく魅力的だ。出会ってから半年経《た》つが、見るたびにそう感じる。

見つめられているとそれだけで胸がドキドキして止まらなくなってしまう気がする。

なにもかも忘れて、ただ見つめあっていたくなる。

わたしはぼうっと彼らに見とれかけ、慌ててぶるぶると頭を振った。

今は、彼らの魅力に負けてはだめだ。なんとかして納得してもらわなければならないのだから。

わたしは表情を引き締め直すと、「お気持ちはありがたく思います」と言い返した。

「お二人のお気持ちは、とても嬉しく感じています。ですが、気持ちだけで充分なのです。ドレスも宝石も靴も……それ以外のいろいろなものも、もうたくさんいただいているのですから」

「慎《つつ》ましい方ですね」

すると、レイフリートがますます目を細めて言った。

「過剰な華美を好まず、贅沢《ぜいたく》を好まず、質素を旨となさる……。我が国の妃《きさき》としてこれほどふさわしい方もいないでしょう。やはりあなたを妻として間違いなかったようだ」

「まったくです」

レイフリートの声に、デュミナスが続ける。

そしてデュミナスは微かに前のめりになると、どこか茶目っ気のある表情を見せながら言った。

「ですが姫、そういうあなただからこそ、わたしたちはなにか贈らずにいられないのですよ。この胸に溢《あふ》れる気持ちを、伝えずにいられないのです。言葉で、身体《からだ》で伝えてもまだ足りないあなたへの愛を」

男らしい色香と熱を感じさせる声音で言うデュミナスに、レイフリートも深く頷《うなず》く。

わたしはきっと、顔が赤くなっていただろう。

贈り物をしないで欲しい、と言いに来たはずが、まさかこんなに熱烈な愛の言葉を聞かされることになるとは思っていなかった。

気恥ずかしいような感覚に包まれたまま声も出せずにいると、二人は苦笑した。

レイフリートが、穏やかに言う。

「それに、これはわたしたちの仕事の成果でもあるのです。決して国庫を圧迫するような浪費をしているわけではありませんよ。新たな商取引の成果や、鉱脈への投資の成果――。そうした仕事の成功の証《あかし》でもあるのです。そしてこれらの成功は、あなたがわたしたちを支えてくれているからこそ。ですから受け取ってもらいたいのですよ。ドレスも靴も宝石も、たとえ身につける機会はなかったとしても、あなたの身の周りに置いていて欲しいのです」

「そう――。姫への愛と感謝の証の一つなのですから。姫もこれらを受け取ってください。わたしたちは贈るのが愛の証――姫は受け取ってくださるのが愛の証ですよ」

にっこりと、デュミナスは言う。

そう言われてしまうと、受け取れないとも言えなくなってしまう。

仕方なく、わたしは小さく頷いた。

こんなはずじゃなかったのに……と肩を落としながら。

◆

「――ということで、きっとこれからもいろいろと届くと思うわ。大変だと思うけれど、お贈りくださった品々の整理整頓《せいりせいとん》と保管をよろしくね。ドレスや宝石もふさわしい機会があればなるべく身につけたいと思うから、あなたたちも組みあわせを考えてくれていると助かるわ」

翌日、外出の用意をしながら侍女のエマと乳母《うば》のソフィにそう言うと、二人は顔を見合わせて笑う。

「笑い事じゃないんだから」

わたしは言ったが、二人とも笑ったままだ。

「姫さまはお幸せですねえ」

わたしの髪を結ってくれながら、エマが言った。

「殿下たちからそんなに想《おも》われて……羨《うらや》ましい限りです」

すると、靴や持ち物の用意をしてくれながら「まったくです」と、ソフィが頷く。

「どれもお似合いですし、姫さまのお美しさによく映えるものばかりですよ。わたしたちも見るたび嬉《うれ》しくなりますし、準備のし甲斐《がい》があるというものです」

「もう——二人とも人ごとだと思って」

わたしが言うと、二人はまた、ふふふ、と笑う。

それでも、王子たちから贈られる華やかな品々が侍女たちを喜ばせているのはわたしもよく知っていることだから、それ以上は言わずにおいた。可愛《かわい》いもの、美しいもの、綺麗《きれい》なものは、いつのときでも心浮き立つものなのだ。

問題は——その量が少しばかり多いというだけで。

「でも今日はこのお召し物でよろしかったのですか？　これは姫さまが国から持ってこられたものでは……？　殿下から贈られたものでなくてもよかったのでしょうか」

すると、わたしのドレスに目を向けながらソフィが言う。わたしは「ええ、いいのよ」と頷いた。

今日の外出は、デュミナスとレイフリートたちとの、親のいない子供たちや、身体が弱く両親と離れて治療に専念している子供たちの集まる施設への慰問だ。

シャラヤにいたころも似たようなことをしていたが、結婚してからは初めてになる。

二人に話を聞いたところ、子供たちと一緒に遊んだりすることも多いという話だったため、動きやすく簡素なドレスがいいだろう、と、昔から着ていたものにしたのだ。靴も、履き慣れたものにしたし、髪型も、エマに頼んだものは清潔感があって乱れにくいものだ。

「昼間はこの格好でいいわ。その代わり、二人は今夜の晩餐会《ばんさんかい》の折の支度をよろしくね。雰囲気に合っていて、お客さまたちやどちらの殿下にも喜んでいただけるような格好をしなければ」

「かしこまりました」

「お任せくださいませ」

わたしの言葉に、二人はそれぞれに頷く。

わたしは時間を確認すると、出発のために静かに腰を上げた。

「高ーい！　すごーい！」

興奮したような嬉しそうな弾んだ声を上げる男の子を胸の中に抱くようにしながら、デュミナスは巧みな手綱《たづな》捌《さば》きで馬を進める。

馬も素晴らしいが、ほとんど揺れずに歩かせる技術は武勇で慣らした彼ならではのものだろう。

そのためか、最初は馬を怖がっていた男の子も、今は馬上からの景色《けしき》に夢中になっている。

笑顔が眩《まぶ》しいほどだ。

順番を待っている子供たちも、期待と興奮が全身に表れている。

対面したばかりのころは、みなこちらの様子を窺《うかが》うような、どこかおどおどとした表情だったのに、庭での追いかけっこを終え、一緒に昼ご飯を食べた今では、すっかり打ち解けている。

そんな子供たちに接しているデュミナスも楽しいのだろう。いつも以上に表情が生き生きとしているし、まるで彼も大きな子どものようだ。

一方レイフリートはといえば、身体が弱く、あまり運動できない子供たちのために絵本を読み、彼らの描く絵を指導している。

その丁寧な様子は端《はた》から見ていてもわかるほどで、だからなのか子供たちも真剣な表情で彼の助言に耳を傾けている。

庭の一角に腰を下ろしたまま、二人それぞれの慰問の様子につい目を奪われていると、

「セシルさま、ここからどうすればいいの？」

刺しかけの刺繍《ししゅう》と針を手に、小さな女の子が——確かミルセと名乗った子が、わたしのドレスを引っ張ってくる。

わたしは彼女に目を向けると、小さな手もとを見やった。

白いハンカチには、彼女が描いた黄色い花が途中まで刺繍されている。それを確認すると、わたしは今度は同じようにわたしの周囲でちくちくと針を動かしている子たちに目を向ける。みな、まだ途中のようだ。

わたしはミルセの髪を撫でると「ちょっと待ってね」と微笑《ほほえ》んだ。すると彼女はそれで察したらしく、おとなしく頷く。だが次の瞬間、不意にわたしの耳もとに口を寄せると、

「セシルさまは、どちらの王子さまが好きなの？」

と尋ねてきた。

思いがけない質問に、思わず目を丸くしてしまう。すると、ミルセはそんなわたしの目を覗《のぞ》き込んでくる。

「どっち？」

重ねて尋ねられ、ますます困る。

「ええと……」

わたしは頬《ほお》が熱くなるのを感じながら、もごもごと声を押し出す。だが、どう答えればいいのかわからない。

仕方なく、

「ミルセは？」

なんとか狼狽《ろうばい》を声に出さないようにしながら、彼女に尋ね返す。

彼女は照れたように頬を染めると、再びわたしの耳もとに口を寄せてくる。そして小さな声で、

「二人とも」

と答えた。

直後、恥ずかしそうにきゃあっと顔を隠す可愛らしい様子に、頬が綻《ほころ》ぶ。

するとその直後、

「わたしはデュミナスさま！」

わたしの右側に座って刺繍していた女の子が、弾んだ声を上げる。かと思うと、背後から「わたしはレイフリートさま」と声が聞こえる。そして次々二人の名前を挙げる子たちにわ

たしがますます笑みを深めていると、

「セシルさまはどちらなの？」

再びミルセが尋ねてくる。

わたしは馬上で子供たちと一緒になって笑っているデュミナスを眺め、次いで、優しくも真剣な表情で子供たちに絵を教えているレイフリートを眺めると、

「お二人とも、素晴らしい方よ」

と、心からの思いを口にする。

ミルセは少し困ったような顔を見せたものの、なにを言うこともなく、

「続きを教えて」

と、再び、刺しかけの刺繍を差し出してくる。

わたしは他の子たちもミルセと同じところまで終わっていることを確認すると、

「じゃあ、続きを教えるわね」

と、他の子たちにも声をかける。

手順と見本を見せようと針を持ったとき、ふと視線を感じる。

顔を上げると、デュミナスが、そしてレイフリートが、目を細めてこちらを見つめていた。

◆

「お疲れでしょう、姫」

予定よりも時間をオーバーして、子供たち一人一人と別れの挨拶を交わして施設をあとにすると、城へ戻る馬車の中、レイフリートが気遣うように声をかけてきた。

その優しさを嬉しく思いつつも、わたしは「いいえ」と頭を振った。

「大丈夫です。国にいたころにも何度かこうした訪問をしていましたから……。それに、わたしの方が楽しくて時間を忘れるほどでした。子供たちも楽しんでくれたならいいのですが」

「きっと楽しかったに違いありませんよ。姫の周りにいた子たちはみんな笑顔だった」

「それをおっしゃるなら、デュミナス殿下と遊んでいた子供たちも楽しそうでしたわ」

「わたしが、というよりも馬が好かれたのでしょう。今回初めての試みでしたが、成功だったようでよかった」

笑顔でデュミナスは言う。そんなデュミナスにレイフリートも頷いた。

「今までもこうして施設を訪問することはあったのですが、これまでは『デュミナス』一人での訪問でしたから、どうしても子供たち一人一人と接する時間は短くなっていたのです。

ですが今回は二人であることを活かせた訪問になったと思います。活動的な子にもそうでない子にも楽しんでもらえたと思いますし、姫のおかげで女の子たちもきっと楽しかったでしょう」

「これからも、せっかくならわたしたちと姫の得意なことを活かせるようにしたいところですね」

「わたしも考えたいと思います」

デュミナスの言葉にわたしが頷くと、二人は嬉しそうに微笑む。

そうしていると、馬車は街の中の森と城を隔てる城門をくぐる。

「夜は晩餐会ですね」

わたしがぽつりと呟《つぶや》くと、レイフリートが「ええ」と頷いた。

「さほど形式張ったものではありませんが、王の命で海の向こうの大陸に渡っていた商人たちが戻ってくるので労《ねぎら》ってやりたいのです」

「彼らが国に戻ってくるのは二年…三年ぶりぐらいか」

「そんなに……！」

二年も三年も国を空けての旅行なんて、自分には考えられないことだ。

驚くわたしに、デュミナスがにっこり笑った。

「姫には考えもつかないことかもしれませんね。ですが、そういう長旅を好む者もいるのです。旅好きというか放浪好きというか……じっとしているのが苦手な者たちです。今回出かけていた者たちは、みなそうした者たちで、中には、わたしの昔からの友人であるガルという男もいます」

「まあ——ご友人が……」

「久しぶりに会うので、顔を忘れていなければいいのですが」

デュミナスは笑いながら言う。わたしもつられて笑うと、レイフリートが今回の商人たちの旅の理由を教えてくれた。

「大陸を行き来している商人の一人が、海の向こうの大陸に珍しい作物があったと話していたのです。調べてみたところ、長く保存できる食物のようでしたので、ならばそれを活かせないかとしばらく調査して、今回の旅に踏みきったのです」

「では、商人たちはその作物を持って帰ってきたのでしょうか」

「予定ではそのはずです。報告によれば、一週間ほど前にシンズの港に着いているようですから、数日後には国境を越えて帰国するでしょう。おそらくは、その作物の他にも、交易品になりそうなものをいろいろと持ち帰るはずです」

「海に向こうの大陸となれば、きっと遠いのでしょうね」

「船で二ヶ月以上かかると聞いています」

「二ヶ月！」

「労ってやらねばな」

驚くわたしの向かいで、レイフリートはそう言うと深く頷く。

その表情は、さっきまで子供たちと接していたときのような心から寛《くつろ》いだそれとは少し違い、どこか張り詰めているような、なにか考えを巡らせているようなもの——為政者のそれだ。

それでも、目が合うと彼は優しくにっこりと微笑んでくれた。

◆

遅れて始まった晩餐に、さらに遅れてやってきた男は、よく陽《ひ》に焼けた背の高い男だった。

「ガル＝ラータ、ただいま戻りましてございます」

身体はがっしりとしていて、声は、低く太い。髪は真っ黒でぼさぼさとしていて、格好も、およそ王子との晩餐とはほど遠いものだ。きっと帰国したその足でやってきたのだろう。着替える暇もなかったに違いない。

それでも不思議と周囲に嫌な思いをさせないのは、彼の悪びれない笑顔のためだろう。

国でも有数のギルドの長の家に生まれながら、ろくに家には寄りつかず、自らの才覚と嗅《きゆう》覚《かく》で商売しているというだけあって、山師的な雰囲気は拭《ぬぐ》えないものの、一方でその豪快さはどこか人を惹《ひ》きつける。

招待された貴族たちや街のギルドの面々が見つめる中、今夜の主役らしい堂々とした足取りで大股《おおまた》に近づいてきたガルは、テーブルの近くまでやってくると、デュミナスの前で深く頭を下げる。

そして顔を上げると、デュミナスの隣にいるレイフリートに目を向け、大仰に肩を竦《すく》めてみせた。

「これはこれは……。驚きましたな。王子がお二人とは。港で聞いた噂は本当だったというわけですか。この目で見るまではと思っていましたが、こうなっては自分の目を信じぬわけにも参りませんな。それに、いつの間にかこんなに美しいお妃さまを迎えられていたとは」

そう言うと、今度はわたしをじっと見つめてくる。

無遠慮と紙一重の視線だ。どんな顔をすればいいのかわからず、戸惑っていると、彼はそんなわたしににっこりと笑う。ますます困っていると、

「お前が旅に出ている間に、いろいろとあったということだ」

デュミナスが言う。次いで、微かに声を張って続けた。

「二年以上も旅していれば、それも当然のことだろう。だが政への姿勢や国の舵《かじ》取りについての考えは、今までと変わらぬ。お前への信頼もこれまでと変わるところはない。長旅ご苦労だった。今夜は国の料理と酒でゆっくりと疲れを癒《いや》すといい。旅の思い出話を聞かせてく

れ。そしてこれからも、我が国と我々のために力を貸してくれるよう願う」

「……かしこまりました」

デュミナスの言葉に、ガルは恭しく、頭を下げた。

◆

ガルは健啖家《けんたんか》だった。

用意されていた席に着くや否《いな》や、遅れた分も食べると言わんばかりに、次から次へとあっという間に料理を平らげていく。しかもその間、話を止めることがない。食べているのに話し、話しているのに次々と皿を空けていく。その様子には驚かずにはいられなかった。

それに、思っていたよりも若い。

デュミナスの友人だと聞いていたから、彼と同じぐらいの歳《とし》でも確かに不思議はないが、長旅をする仲間たちをとりまとめている船長と聞いていたから、もっと歳を取った男だと思っていたのに。

そうしていると、

「それにしても、お綺麗なお妃さまだ」

不意に、ガルが言った。目が合うとにっこり微笑まれ、戸惑ってしまう。だがガルはそんなわたしに構わずさらに続ける。

「そのドレスも首飾りも、よくお似合いだ。自分の似合う物を知っている者は実は少ないのですが……お妃さまはその少ない者のうちの一人のようですな」

「……」

褒められている——のだろうが、わたしは答えることができなかった。

今夜わたしが纏《まと》っているのは、蜜色《みついろ》にも似た淡いミモザ色のドレスだ。肩から腕にかけては柔らかなフリルが重なり、後ろから見れば小さな羽のようにも見える。腰から裾《すそ》への流れるようなラインは少し大人っぽすぎるかと思ったものの、この時期に合った素材で大げさになりすぎないので、晩餐に着るにはこれがいいだろう、とソフィが提案してくれたものだった。靴と合わせて、先だって、デュミナスが贈ってくれたものだ。首飾りは、レイフリートが贈ってくれた細い銀が幾重にも重なったチョーカー。存在感があるのに重すぎず、派手すぎずにしっくりと肌に馴染《なじ》んでいる。

耳飾りは同じく銀。これはデュミナスが贈ってくれたものだ。腕輪はせずに、瞳の色と同じ色の指輪をつけた。これはレイフリートが贈ってくれた。

つまり——今夜わたしが身につけているものは、わたしが選んだものではないのだ。すべて彼らが——二人の王子が贈ってくれたもの。彼らがわたしのために選んでくれたものだ。

改めてそれを思うと、彼らに申し訳なさすら感じてしまうが、一方で、ガルが褒めるほどわたしに似合ったものを贈ってくれたのだと思うと嬉しくなる。

知らず知らずのうちに、にこにこ笑っていたのだろう。

「どうしましたか」

小さな声で、レイフリートが尋ねてくる。

なんだか気恥ずかしくて、わたしは微かに頰が熱くなっているのを感じながら「なんでもありません」と頭を振る。

そうしていると、

「踊っていただけますか、妃殿下」

あらかた食事を終えたらしいガルから思いがけない声がかかった。

戸惑ったものの、今日は彼の――彼らの無事の帰国を祝うための宴《うたげ》だ。断るわけにもいかず、わたしは「喜んで」と形式どおりに答えた。

立ち上がった彼が近づいてくる。ガルは「失礼いたします」とデュミナスたちに一言断ると、にっこり笑って手を差し出してきた。その手を取って立ち上がると、そのままフロアの空いた場所へ誘われる。

楽の音が徐々に大きくなる。わたしはガルにリードされるまま、踊り始めた。

昔から、ダンスは嫌いではない方だ。身体を動かすことが好きなせいもあるのだろう。それに、上手な人とのダンスは、心を浮き立たせる。

そう――。デュミナスのように。

わたしはガルと踊りながら、デュミナスのことを考えていた。彼との初めてのダンスを思い出していた。子どものころのそれ。そして結婚の祝宴でのそれを。

「楽しそうですね」

すると、ガルが愉快そうに話しかけてきた。

見れば、彼は興味深そうにわたしを見つめてきている。なんだか恥ずかしいところを覗き見されたような気がして、頬が熱くなってしまう。

ガルが小さく笑った。

「やはり楽しそうだ。ですがわたしと踊っているから――というわけではなさそうですね」

「……申し訳ありません。少し、思い出したことがあって……」

「踊っていて、ですか？」

「ええ……」

「デュミナス殿下のことですか」

「！」

図星を指され、目を瞬《しばたた》かせると、ガルはまた小さく笑った。

「殿下のリードの巧みさは、よく知られていることですよ。わたしも今まで何人もの貴族の娘たちから、うっとりとした声で語られるそれを聞きましたから」

「そ…そうですか……」

「ええ。ですが殿下がお二人だったとは……。さすがのわたしも存じませんでした。妃殿下はそれを承知の上でご結婚を？」

「……い…いえ……」

「ではご結婚のあとでお知りになられたのですか。それはさぞ――」

ガルは、意味深に言葉を切る。わたしは足を止めると、彼の手から手を離した。身を離すと、じっと彼を見つめる。彼はなにが言いたいのだろう？

同情を寄せたいのだろうか。それとも軽蔑《けいべつ》？

気の多い女だと、そう言いたいのだろうか。どちらか一人を選ばなかった――選べなかった優柔不断な女だと、そう言いたいのだろうか？

それとも、王子たちの真実を知っても、国と国との結びつきのためだけに結婚している、冷たい女だと思われているのだろうか？

昼間、ミルセにそう言ったように、今やわたしにとって二人の王子は、どちらもかけがえのない存在になっている。二人ともとても素敵な、素晴らしい人たちだ。

もちろん似ているところもあるけれど、ちゃんと別々の人間で、それぞれに魅力的だ。心からそう思っている。だからこそ、悩んだ挙げ句、拭えずにいた罪悪感や禁忌の想いを超えて、彼ら二人を愛したのだ。二人の愛に応《こた》えたのだ。

けれど、端から見ればそうは思われていないのだろうか……。

(でもわたしは自分の選択を悔やんではいない)

胸の中で呟くと、わたしはガルを見つめたまま言った。

「あなたがどう思われようが、わたしはこの結婚を後悔してはいません」

「……」

「わたしは二人を愛しているのです。デュミナスを、そしてレイフリートを」

きっぱりと言うと、ガルは面食らったように目を丸くする。彼が大きく苦笑したとき、

「どうかしたのかな」

背後からレイフリートの声がした。振り返れば、彼と、そして彼よりも剣呑《けんのん》な気配のデュミナスが立っている。

気にして見に来たのだろう。

するとわたしがなにか言うより早く、

「なんでもありません」

苦笑しながら、ガルが言った。

だが二人ともその言葉を信じていない様子だ。

ガルは小さく肩を竦める。そして「少しお話が」と声を潜《ひそ》めて言った。

デュミナスとレイフリートが顔を見合わせる。だがほどなく、レイフリートが「いいでし

よう」と短く頷いた。

「食事のあとに時間を作ります」

「ありがとうございます」

ガルが頷く。だがデュミナスはまだ不満そうだ。

「それで？　姫にはなにをしたんだ」

詰め寄るように、ズイと前に出て言った。声からも憤りが感じられる。

そんなデュミナスの様子に、ガルが苦笑を深めた。

「以前とは少し変わられましたな、殿下。それがデュミナス殿下本来のお姿というわけでしようか。ですがご安心くださいませ。まだなにもいたしておりませんよ」

「まだ!?」

「ええ」

デュミナスか顔色を変えて声を荒らげるが、ガルは落ち着いた貌《かお》のままだ。

レイフリートはそんなデュミナスを宥《なだ》めるように肩を叩《たた》くと、

「その話も、あとで詳しく聞こう」

デュミナスに、そしてガルに向けて言う。口もとは微笑んでいたけれど、目もとはどうも笑っているようには見えない貌で。

◆

「それで？　話とはなんだ」

晩餐会が終わり、招待されていた面々が一人を残して帰ってしまうと、その一人——ガルを前にデュミナスが言った。相変わらず表情は険しいままだ。

わたしは彼の隣に腰を下ろすと、そんなデュミナスの手をそっと握り締めた。

デュミナスからもレイフリートからも「姫は部屋に戻った方が」と言われたけれど、わたしは「わたしも話を聞きたいです」と引かなかった。

レイフリートはというと、様子を探るようにガルの表情を窺っている。

するとガルはしばらく黙り、おもむろにわたしを見つめる。

どうしたのだろうと思った途端、握っていたデュミナスの手に力が込められる。

直後、ガルが口を開いた。

「話というのは他でもありません。二人の殿下と、そこに嫁いだ妃殿下の噂についてです」

「どういうことですか」

レイフリートが尋ねる。ガルは頷いて続けた。

「双子であることを明かされたこと——そしてお二人に嫁がれた妃殿下……どちらもさぞお

悩みになったでしょう。ですが、その悩みは形を変えてこれからもつきまといましょう、どうぞ心を強くお持ちください」

「……どういう…ことですか……？」

わたしもレイフリートと同じように尋ねてしまう。ガルが表情を硬くして言う。

「港で噂を聞いたと、申し上げたでしょう。わたしたちが帰港したシンズの港は、大陸の端、ダルバン王国の領土です。ここからは馬で一週間ほどですがそこでもすでに、双子の王子の話はいろいろと噂になっているのです」

「それは…二人が双子だということはもうずいぶん前に明らかにしました。だから話に上ってもおかしくは……」

「その内容が問題なのです」

声を落として、ガルは言う。

「詳しく話せ」

身を乗り出すようにして言うデュミナスに、ガルはさらに続ける。

「国が割れる兆しがあると、そう噂されているのです。二人の王子の良好な関係は今だけ――もしくは見せかけのもので、実は互いを憎みあい、密《ひそ》かに相手を打ち倒そうと画策している――と」

「そ……」

「しかも、その対立関係を煽《あお》り、陰で糸を引いているのは他ならぬ妃殿下だ、と……。『眠らせ姫』は今度は国まで眠らせ、滅ぼすつもりなのだ……と」

「なんだそれは！」

ガルの言葉に、デュミナスが血相を変える。

摑みかからんばかりの激しさだ。ガルは「噂です」と苦笑したが、それはデュミナスの憤りを鎮めることはできなかった。

「勝手なことを……」

低く呻《うめ》くように言うと、きつく歯を食いしばる。

わたしも大きなショックを覚えていた。まさか周囲の国でそんな噂をされているとは思わなかった。もしかしたら、この国でも密かにそんな噂がされているのだろうか？

確かに、わたしが彼らと結婚しなければ、彼らが双子だと知れることはなかっただろう。

もしくは、結婚しても、わたしが早くどちらかの王子を選んでいれば。

デュミナスとレイフリートの仲のよさが本物だということは、誰よりわたしが一番よく知っている。もちろん意見がぶつかることもあるけれど、互いの足りない部分を補いあい、よりよくしている二人だ。

けれど、いいことよりも悪いことの方が噂になりやすいもの。それもまた、わたしはよく知っている。

(どうすれば……)

そんな噂を払拭《ふっしょく》できるだろうか。

わたしがつい俯《うつむ》いて考えていると、

「姫はそんな女じゃない」

わたしの手をぎゅっと握り返しながら、デュミナスが言った。はっと見れば、彼はガルを睨《にら》みつけている。

その声に「デュミナスの言うとおりです」とレイフリートが頷いた。

そして小さく笑うと、「それに」と続ける。

「それにわたしたちも、そんなに絵に描いたような対立を起こしたりはしませんよ。ずいぶんと見くびられたものです」

落ち着いた口調からは、彼のデュミナスへの信頼が感じられる。伝わってくる。

その声にわたしも落ち着きを取り戻していると、ガルは満足そうに微笑んだ。

「そうおっしゃっていただけると、頼もしさすら覚えますな。ですがどうぞお気をつけくださいませ。優れた王子が二人もいるという危機感は、すでに周囲の国に広がっております。噂もお二人の殿下を畏《おそ》れるあまりでしょうが、どうぞこれらにお心乱されませんよう」

「お前に言われなければ知らないままで済んだかもしれないのだがな」

即座にデュミナスが言い返すと、ガルは大きく苦笑した。

「わたしはご忠告申し上げたのですよ。もっとも、この国の商売人の一人として、国の行く末が気になったことも、いずれその要《かなめ》になるであろう殿下のお気持ちも、妃殿下のお心を知りたかったことも否定はいたしませんが」

そしてガルに見つめられ、わたしは目を瞬かせる。彼は満足したように微笑んだ。

「先ほどのお言葉、感動いたしました。殿下はよい方とご結婚なされた」

「さっき？　さっきなにを言ったのだ」

ガルの言葉を受けて、デュミナスが尋ねてくる。レイフリートも見つめてくる。わたしは真っ赤になった。

『あなたがどう思われようが、わたしはこの結婚を後悔してはいません』

『わたしは二人を愛しているのです。デュミナスを、そしてレイフリートを』

すべて本当のことだが、改めて――それも本人たちには言いづらい。しかし躊躇《ためら》うわたしをよそに、ガルは二人に伝えてしまった。

ますます赤くなるわたしの目に、嬉しそうに微笑む二人の貌が映る。

「姫――」

「姫、ありがとうございます」

感極まったようなデュミナスの声と、噛み締めるようなレイフリートの声と。

二人の声に、ますます頬が熱くなる。

耳まで熱い、と思っていると、

「ともあれ、近隣の国でそうした噂があると知らせてくれたことには礼を言っておく。今後もなにか気になることがあれば教えてくれ」

デュミナスがガルに向けて言う。

「かしこまりました」

ガルが頷いた。

そして立ち上がると、部屋を出ていこうとする。

が、その寸前、

「ああ――そうだ」

呟くように言ったかと思うと、わたしに近づいてきた。

デュミナスがさっと身構える。が、ガルは構わずわたしの前まで来ると、ポケットからなにかの固まりを取り出した。

「どうぞ、妃殿下。これを」

それは、子どもの拳《こぶし》ほどの大きさの石がはめられた首飾りだった。透明だが、キラキラ光って美しい。

「これは……」

「海の向こうの大陸で買い求めたものです。聞いた話では、この光るものは珍しい石のようです。差し上げます」

「え……」

「初めてお目にかかった記念に——。そして我が国のますますの繁栄を願って、美しい妃殿下に捧《ささ》げます」

にこにことガルは言う。

わたしはもう一度首飾りを見つめる。

ややあってわたしが首を振ると、

「もらっていただけないのですか？」

ガルは驚いたような声で言った。

わたしは深く頷いた。

「美しくて素晴らしいものだと思います。きっと貴重なのでしょう。ですがわたしはすでに様々な宝石を持っているのです。これは……そうですね。王宮のどこかに飾るようにいたしましょう。いえ——街のどこかでもいいかもしれません。多くの人が見られるように。遠方まで旅したあなたの功績を知られるように。わたしだけが持っているよりもきっとずっといいことですわ」

渡されたものをガルに返しながら言うと、ガルはしばらくそれを眺め、

「……確かに」

と、受け取った。

「なるほど、おっしゃるとおりです。さっそくギルドの方にかけあってみましょう」

「ええ――」

わたしが微笑むと、ガルは苦笑しながら大きく溜息をつく。

「まったく――殿下たちが羨ましい限りです」

そして呟いた言葉に、デュミナスとレイフリートが笑った。

◆

「なにをご覧になっているのですか？」

その夜。湯を使い夜着を羽織って寝室に入ると、二人の王子はベッドの上に大きな紙を広げ、眺めていた。

片膝《かたひざ》を立てて座っていたデュミナスが、顔を上げる。

「地図ですよ。ガルが持ち帰ったものの一つです。海を渡った先の大陸のことが、よく調べられています。街の場所や地形が詳しく書かれていて、興味深い」

「交易相手としても面白そうです。とはいえ、行き来するのに少し日がかかりすぎるところが問題ですね。もう何日か縮められればいいのですが……」

ベッドの端に腰掛けるようにしているレイフリートが続ける。

どちらの表情も明るい。わたしは思わず微笑んだ。

「どうしました？」

レイフリートが尋ねてくる。

「いえ……。お二人が楽しそうになさっているのを見るのは、わたしも嬉しくて」

すると、二人は顔を見合わせ、微笑んだ。

「嬉しいといえば、わたしたちの方こそですよ――姫」

「まったくです」

「？　どういうことですか？」

首を傾げるわたしに、レイフリートが近づいてくる。

手を引かれ、ベッドまで誘われた。腰掛けた途端に、背後からデュミナスに抱き締められた。

「姫があの首飾りを受け取らなかったことを喜んでいるのですよ、わたしたちは」

「あ……」

「もちろん、受け取ったところで、それは間違ったことではありません。ですがやはり、わたしたちから以外のものは受け取って欲しくない」

「相手が誰であっても――です」

うなじに、デュミナスの唇が触れる。握られている手にレイフリートからの口づけが触れる。

頬が上気していくのを感じながら、

「これからも、受け取るつもりはありません」

わたしは掠《かす》れそうになる声で言った。

振り返ってデュミナスを、そして改めてレイフリートを見つめて続ける。

「もう充分ですもの。わたしには、お二人からのものだけで、もう充分……」

「姫――」

「品物だけじゃなく、気持ちもこれ以上ないほどもらっているのですから。これ以上は、わたしには受け取れません」

わたしが苦笑しながら言うと、二人は嬉しそうに笑う。

けれど次の瞬間、どことなく悪戯《いたずら》っぽい表情を見せたかと思うと、

「ですがわたしたちからのものは受け取ってもらわなければ」

「ええ。まだまだお贈りしたいものが山のようにあるのですから」

言うなり、熱っぽく口づけられる。

「んっ――」

「まずは――今夜の愛を」

デュミナスの唇に唇を塞《ふさ》がれ、その甘さに目眩《めまい》がした。

レイフリートの唇が、指先に、腕に触れる。頬ずりされ、ぞくぞくと肌が粟立《あわだ》つ。

背後からデュミナスに抱き締められたままゆっくりと仰向《あおむ》けに倒され、シャンデリアの灯《あか》りが視界の端を過《よ》ぎる。

羽織っていた夜着が解《ほど》かれ、腰から胸もとへとデュミナスの手が這《は》い上ってくる。優しい、けれど熱っぽい指先に、否《いや》が応《おう》でもぞくぞくさせられる。

そうしていると、無防備になっている下肢を——両脚をレイフリートにゆっくりと拡《ひろ》げられた。

床にひざまずくようにしてわたしの足の間に身体を潜《もぐ》り込ませた彼が、内股《うちもも》に口づけを繰り返してくる。

「つ……ん……っ」

自分のあられもない格好を思うと、羞恥《しゅうち》に頬が熱くなる。けれど二人に触れられるたび身体が熱くなるのは止められず、それどころかより深く甘い快感を期待して全身が疼《うず》いてしまう。

「は……ぁ……っ」

身体の下のデュミナスが、背後からゆっくりと胸もとをまさぐり始める。

乳房を揉《も》まれ、熱い息が零《こぼ》れる。ゆっくりとした刺激に加え、時折、胸の突起への痺《しび》れるような刺激が混じるのがたまらない。わざとなのか、今夜のデュミナスの愛撫《あいぶ》は切なくなるほど焦《じ》れったい。思わず小さく身を捩《よじ》ると、くすりとデュミナスが笑った。

「物足りないですか？　姫」

「っ……そ……んなことは……」

「大丈夫ですよ。ちゃんといつものように──いつも以上にあなたを愛しますから」

「っん……っ──」

「ですが物足りなく感じるということは、姫も段々と貪欲《どんよく》になられたということですか？　最初のころは、困ったような声を上げてばかりだったのに」

「っちが……っ…違います…っ……」

からかうように言われ、わたしは真っ赤になりながら首を振る。その途端、両の乳首を柔らかく捏《こ》ねられ、大きく背が撓《しな》る。

「ア……ッ──」

優しく淫《みだ》らな指に翻弄《ほんろう》され、立て続けに嬌声《きょうせい》が零れる。敏感な突起を弄《いじ》られるたび、デュミナスの身体の上で、わたしは何度となく身をのたうたせた。

息が熱い。身体が、頭の中が熱い。そんなわたしの身体の中心──柔らかく潤んだ秘密の場所に、レイフリートの唇が触れる。

「んっ──」

温かく濡れた舌に刺激され、腰の奥が溶けるような快感に背筋が震えた。

大きく脚を開かされ、ピチャピチャと音を立てて舐《な》められ、恥ずかしさにいたたまれなくなる。

なのにそうして舐められれば舐められるほど身体は悦《よろこ》び、なおいっそう、そこは潤っていく。

「姫のここは、いつもたっぷりと濡れて愛らしいですね。舐めて欲しいといわんばかりだ」

「ぁ……っあ、ああっ――」

「この小さな突起も本当に可愛らしい――。触れるとピンと硬くなって気持ちよさそうに震えて――」

「や……っあ、あァ……ッ――」

「魅力的だ――」

「んぅん……っ――」

感じる箇所を執拗《しつよう》に舐められ、舌先でくすぐるようにして刺激され、掠れた淫らな声が口の端から溢れる。

全身が熱い。二人に愛撫されるたび熱が身体の中をぐるぐると巡って、内側から溶けてしまいそうだ。

「あ……っ…あデュミナス……っ……」

「姫――セシル――。可愛いですよ。その声をもっともっと聞かせてください」

「んっ――」

大きく背を撓らせてデュミナスの名を呼ぶと、それに応えてくれるかのように首筋に口づけられる。そのまま耳朶《じだ》を舐《ねぶ》られ、また新たな快感が身体の奥から込み上げてくる。

そのせいで脚の間から溢れた温かなものが、レイフリートの舌で舐め取られた。

「つあ……っ――」

「感じやすいですね、姫は。あとからあとから――溢れてくる」

「ぁ…あ、あ…レイフリート……っ――」

「甘い声を上げて甘い蜜を零して――姫はわたしの大好きな甘い果実ですよ」

「つア…ッ……!」

擦《こす》るようにして強めに舐め上げられ、その甘い刺激に目の奥が白く染まる。

腰の奥で渦巻く快感が、じりじりとせり上がってくるようだ。熟れるような熱が込み上げ、どうすればいいのかわからない。

「ぁ……ア…あァ……っ」

「姫――」

「つあ…あ――」

「姫……」

やむことのない二人からの愛撫に、たまらず身をくねらせた次の瞬間、

「あぁッ――」

充塡《じゅうてん》されていた快感が、一気に溢れる。

背中が大きく撓り、脚がびくびくと震える。高い声を上げ、わたしは絶頂を迎えていた。

頭の芯《しん》がぼうっとする。息が熱い。荒い。心臓の音が身体の中でドクドクと響き続けている。

ぐったりとした身体に、二人からの口づけが降る。

そのまま右脚の膝裏を掬《すく》われたかと思うと、達したばかりでまだ震えている秘部にデュミナスの熱いものが触れる。次の瞬間、それはゆっくりとわたしの中に挿《さ》し入ってきた。

「つあ……っ――」

仰向けられたまま背後から貫かれ、感じたことのない快感に背筋が震える。貫かれている自分の姿が露《あら》わになっていると思うと、恥ずかしくてたまらない。けれどデュミナスが動くと、そのたび覚えのある快感が繋《つな》がっている部分から込み上げてくる。

「は……つあ、あ、ああっ――」

左脚も摑まれ、貫かれたまま大きく脚を開かされる。ベッドに上がったレイフリートに間近から見下ろされ、恥ずかしさに全身が熱くなる。

「や……っ」

わたしはいやいやをするように頭を振っていた。

「や……いや……っみな…見ないでください……っ」

羞恥に、声が震える。だがレイフリートは小さく笑うと、そんなわたしの敏感な場所にそっと触れてくる。

「つは……っ——」

びくりと、腰が跳ねた。

「こんなに綺麗な姫の姿を、見ないわけにはいきませんよ」

濡れそぼり、熱を孕《はら》んだ突起を指先で柔らかく刺激しながら、レイフリートは囁《ささや》くように言う。

「一度達したせいか全身がうっすらと朱《あか》く染まってたまらなく綺麗です。綺麗で淫らで——愛らしい。愛する人のこんな姿を見ないでいられる男はいません」

囁くように言いながら、レイフリートはやむことなくわたしの性器を愛撫し続ける。

そのまま顔を寄せてきた彼に口づけられ、舌を絡められて舐られると、快感に絡め取られていくかのようだ。

濡れた音を立ててレイフリートと口づけている身体の奥に、デュミナスの律動を感じる。熱さと大きさ。脈動を感じる。揺さぶられ、火照って疼く体奥を抉《えぐ》られるたび、そこはますます深い快感を求めて貪欲に蠢《うごめ》く。

「は……っん、ん、んぅん……っ」

止められない声が恥ずかしくて口もとを押さえようとした腕が、レイフリートに摑まれる。

「だめですよ」

彼は小さく笑った。

「声を聞かせてください。デュミナスだって、きっとそう思っているのに」

レイフリートが言うと、背後からデュミナスが小さく笑った声が届く。

「っア……っ」

大きく揺さぶられ、深く穿《うが》たれ身体が踊る。その首筋に熱っぽく口づけられたかと思うと、

「もちろん」

と艶《なま》めかしく掠れたデュミナスの声がした。

「姫の可愛らしい声が聞きたくない男などいませんよ。とはいえ——他の男になど絶対に聞かせないでくださいよ」

「んッ——」

「絶対です。淫らで可愛らしい声も、快感に歪《ゆが》む顔も——他の誰にも聞かせない、見せないと誓ってください」

「んんっ——」

首筋に柔らかく歯を立てながら言うデュミナスに、わたしは夢中で頷く。誰にも聞かせな

い。見せない。二人だけだ。心から愛している二人だけ――。

「……ふ…たり…だけ…です……」

快感に涙が滲《にじ》む。声を出すのもおぼつかない。それでも伝えたくて、懸命に声を絞り出す。

「ふたりだけ…です……っ…わたし…わたし……ァ――」

次の瞬間、いっそう深く突き上げられ、声は嬌声に変わる。

レイフリートが満足そうに笑った声が耳を掠める。指が、いっそう熱っぽく性器を弄る。

デュミナスに両脚を抱えられたままきつく抱き締められ、激しく抜き挿しされ、頭の芯まで快感が突き抜けていく。

彼の鼓動が背に伝わる。彼の香りに包まれる。彼に合わせるように、そしてレイフリートの指を求めるように腰が揺れるのが恥ずかしい。けれど止められない。

「ア…あ、あ、あ…つんッ…あァ……っ」

「つ…姫――」

「や…つ…だめ…ァ……おく…奥…だめ…つ、あ、あァ…ッ――」

「セシル…つ……好き――好きだ……セシル――」

「デュミナス…ぁ…デュナ…わたし、も……っ――」

切なげに名を呼ばれ、一際奥深くまで穿たれたその瞬間。

「ッあァ……ッ――」

熱いような重たいような、なにも考えられなくなるような圧倒的な快感が身体の奥深くから突き上げ、わたしは二度目の絶頂に達していた。

喉《のど》を反らして喘《あえ》ぎ、ビクビクと震える身体に熱いものが注がれるのがわかる。

デュミナスの腰が打ちつけられる。その荒々しいほどの激しさに熱い息が零れる。

目が眩《くら》むほどの快感に、身体に力が入らない。

ぐったりと身を投げ出したまま荒く息をついていると、

「ずいぶんと乱れてらっしゃいましたね」

口の端を上げたレイフリートが、啄《ついば》むように口づけてくる。恥ずかしさに真っ赤になっていると、汗で乱れた髪をかき上げられ、額に口づけられた。

「夜を過ごすたびにあなたはますます魅力的になる……。さて——そんなあなたを今度はわたしがたっぷりと愛しましょう。わたしの愛を、受け取ってくださいますね？」

「あっ——」

そう言うと、レイフリートはわたしをぎゅっと抱き締め、抱きかかえた。はずみで、まだ硬さを残したまま埋められていたデュミナス自身がずるりと抜き出されていくのがわかる。

そのまま改めてシーツの上に組み伏せられたかと思うと、再び額に、そして唇に口づけられた。

「んん……っ……」

レイフリートの重みが心地よい。触れあう肌の感触が気持ちいい。

挿し入ってきた舌に口内を探られ、舐められるたび、治まりかけていた淫猥《いんわい》な熱が、また
ふつふつと滾《たぎ》り始める。こんなところがこんなに感じるなんて、こんなに気持ちがいいなんて、彼らに会うまで知らなかった。

「つふ……」

やがて、唇が離れると、それは首筋から鎖骨へと柔らかな口づけを繰り返しながら下りていく。

慈しむようなその口づけと、微かな音にいっそう身体が熱くなる。そんなわたしの唇に、デュミナスの指が触れた。

わたしの傍らに横になった彼は、まだ情事の余韻を残した色香を纏わせたまま、じっとわたしを見つめてくる。

「素敵でしたよ、姫」

そして微笑んでそう言うと、指先でわたしの濡れた唇をツイとなぞってきた。

「つん……っ！」

むず痒《がゆ》いようなその刺激に思わずぎゅっと眉を寄せてしまう。デュミナスの指は、わたしの唇に触れたまま、そこを幾度も辿《たど》ってはなぞっていく。

まるでその形を、感触を確かめるかのように。

「ん……っぁ……」

刹那《せつな》、レイフリートの唇に胸の突起を捕らえられ、吐息混じりの声が零れる。

すっかり敏感になっているそこを優しく吸われ、舌先で転がすようにして刺激されれば、甘酸っぱいような疼くような感覚にみるみる身体の奥が熱を孕んでいく。

今し方達したばかりなのに——それも、二度目の頂点を迎えたばかりなのに、身体はさらなる快感に悦び、もっともっととねだるように昂《たか》ぶっている。

恥ずかしいのに息が乱れる。溢れそうになる欲をなんとか抑えるように、もじもじと脚を摺《す》りあわせていると、

「待ちきれませんか？」

気づいたらしいレイフリートが、小さく笑いながら言う。デュミナスもくすりと笑った声が聞こえ、わたしは真っ赤になって思わず身を捩ったが、すぐに両腕を押さえられ動けなくなる。

ますます赤くなってしまうと、

「可愛い人だ」

胸もとから顔を上げたレイフリートが、微笑んで言った。

「本当に——なにからなにまで可愛らしい人だ。そんなあなたに求められて嬉しくないはずがないでしょう」

次いでそう続けられたかと思うと、大きく両脚を開かされる。

「待たせませんよ。受け取ってください――わたしの愛を」

露わになった秘部に、レイフリートの猛ったものの熱を感じる。直後、それはずぷりと中に挿し入ってきた。

「は……ぁ……っ――」

再び身体の奥深くまで穿たれていく感覚に、そこが悦んでいることがわかる。

快楽を、熱をしゃぶり尽くそうとするかのように、レイフリートの肉を求めてさざめいている。

「っ……相変わらず……あなたの中はたまらなく気持ちがいい――」

わたしを気遣うようにしてじりじりと自身を埋《うず》めながら、レイフリートは呻くように言う。

そのまま最奥まで沈められ、ゆっくりと揺さぶられ、わき上がる快感に背筋が震える。

「は……ぁ……つぅん……っ……」

全身が、レイフリートからの愛撫に応えて悦んでいる。彼が動くたび肌が粟立ち、より深い繋がりを求めてやまない。

「ぁ……あ、あ、ぁ…ああっ――」

腰が震える。レイフリートの猛った熱が抜き挿しされるたび、全身が悦んでわななく。身体が熱い。先刻感じた快感の渦がまた押し寄せてくる。身体の奥から生まれて、わたしを根こそぎ持っていってしまうもの。深いところに。遠いところに。高いところに。

「ぁ……っんんっ――」

知らず知らずのうちにきつくシーツを摑んでいた手が、デュミナスに捕らえられる。

彼はいつしか、わたしの頭上からわたしを逆さまに見下ろしていた。まだ情欲の滲んだ瞳。

彼の右手に左手を、彼の左手に右手を押さえられ、まるでシーツの上に縫い止められてしまったかのようだ。

無防備な胸もとに、レイフリートの手が触れる。腰を打ちつけられながら乳房を揉みしだかれると、繫がっている部分がさらに潤い、彼が動くたび、チュク、チュクと淫らな水音を立てる。

「ん……っ」

額に、デュミナスの口づけが降る。滲んだ汗を辿るようにして幾度も口づけられ、その唇で唇を塞がれる。

身動きできないままレイフリートに貫かれ、胸もとを熱っぽく愛されながらデュミナスに息まで奪われる。

情熱的で巧みな二人からの愛撫に、一気に高みへ連れられていく。

息が熱い。全身が熱い。快感に目が霞《かす》む。頭の芯まで快感に痺れていく。

「レイフリート…っ…ぁ…――」

「姫……セシル…愛しています——セシル——」

「あ、あ、あ、ァ…レイ…っ——」

「セシル——」

「あ、ぁ…ア…あぁァっ——」

そして繰り返し激しく穿たれた次の瞬間。

一際奥まで突き上げられた刹那、決定的な快感が腰の奥から噴き上げ、全身が熱に浸されていく。繋がれているデュミナスの手を思わずぎゅっと握りしめると、三度目の絶頂に震える身体をレイフリートに抱きしめられ、わたしの中に彼が熱を放ったのが伝わってくる。

口づけられ、乱れた息のまま夢中で愛していると伝えると、

「愛しています——」

「愛しています、セシル」

レイフリートが、デュミナスが微笑んで次々と口づけてくる。

『わたしは二人を愛しているのです。デュミナスを、そしてレイフリートを』

二人の口づけに応えながら、わたしは自分の言葉を思い出していた。

きっといつまでも変わらない想い。

彼らからの受け止めきれないほどの熱い、たくさんの愛情を改めて胸に刻みながら。

END

あとがき

こんにちは、もしくははじめまして。桂生青依です。

このたびは本書をご覧くださいまして、ありがとうございました。

今回は、デュミナスとレイフレートという二人の王子と、「眠らせ姫」と噂される王女、セシルとの三人のラブストーリーとなりました。

三人での恋愛を書くのは初めてだったのですが、王子二人のちょっとした違いや、それに戸惑うセシルの様子は、書き甲斐があってとても楽しかったです。

甘いシーンもいつもに増してうきうきと、甘ーく幸せになりますように、と書きましたので、皆様にも楽しんでいただければなによりです。

今回はそっくりな二人だったので、機会があれば次はちょっと対照的な、似ていない双子や兄弟も書いてみたいなと思います。もちろん、それ以外のお話も。

皆様も「こんなのが読みたい」というリクエストがあれば是非教えてくださいね。

そしてお礼を。

今回イラストを描いてくださった椎名咲月先生、本当にありがとうございました。

そっくりだけれどそれぞれに凛々しく優美な二人の王子と、可愛らしく純真なセシル。

華やかで美麗なイラストは、見るたびに幸せです。

心よりお礼申し上げます。

的確で丁寧なアドバイスをくださる担当様、及び本書に関わってくださった皆様にもこの場を借りてお礼申し上げます。ありがとうございます。これからもよろしくお願いいたします。

またなにより、いつも応援くださる皆様。本当にありがとうございます。

今後も皆様に楽しんでいただけるものを書き続けていきたいと思っていますので、引き続き、どうぞよろしくお願いいたします。

読んでくださった皆様に感謝を込めて。

桂生青依　拝

本作品は書き下ろしです

桂生青依先生、椎名咲月先生へのお便り、
本作品に関するご意見、ご感想などは
〒101-8405
東京都千代田区三崎町2-18-11
二見書房　ハニー文庫
「二人の王子と密×蜜 結婚 ～姫花嫁は溶けるほど愛されすぎて～」係まで。

Honey Novel

二人《ふたり》の王子《おうじ》と密《みつ》×蜜《みつ》 結婚《けっこん》
～姫花嫁《ひめはなよめ》は溶《と》けるほど愛《あい》されすぎて～

【著者】桂生青依《かつらばあおい》

【発行所】株式会社二見書房
東京都千代田区三崎町2-18-11
電話　03(3515)2311［営業］
　　　03(3515)2314［編集］
振替　00170-4-2639
【印刷】株式会社　堀内印刷所
【製本】株式会社　村上製本所

落丁・乱丁本はお取り替えいたします。
定価は、カバーに表示してあります。

ISBN978-4-576-17051-0

http://honey.futami.co.jp/

桂生青依の本

政略結婚の顛末
～姫が人狼王子に嫁いだら？～

イラスト＝なま

辺境国の王子ジーグと結婚したアリア。素っ気ない態度の裏に心ときめくものを感じてしまうが、ジーグと一族にはある秘密が…。

王子の溺愛
～純潔の麗騎士は甘く悶える～
Novel
桂生青依
Illustration
芦原モカ